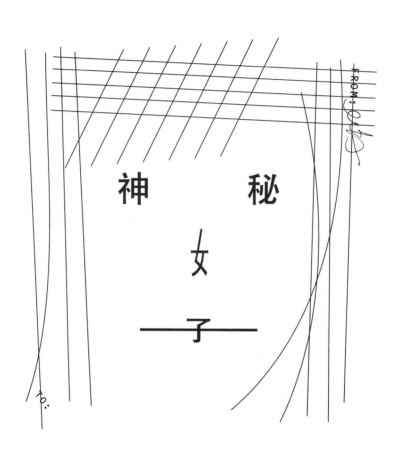

FROM:

神秘女子

TO:

阮慶岳——著

為了觸碰世界的美，那人全身赤裸。

——薇依（*Simone Weil, 1909-1943*）

目次

訊息1：愛的殘缺

我必須承認當初忽然收到這樣一個包裹，以及裡面兩本雜亂破舊的筆記本，讓我不僅覺得突兀、甚至有著不祥的預兆。由於沒有署名的寄信者與地址，僅有一張如同公文的冰冷電腦列印信件，簡單說明這是他們所負責照料的一位居住者，在離去後留言交代，說必須處理與寄往這兩本餘物給附有地址的「我的女兒」。所以，他們就依照慣例與責任的寄來給我，同時基於個人隱私的保密原則，無法奉告任何其他的訊息。

我初始懷疑會不會是寄錯的包裹，我怎麼會是什麼陌生者的女兒呢？更何況我本來就有著自己依舊健全的雙親啊！但是，我仔細看著包裹上我的姓名與地址，被這樣斬釘截鐵的清楚書寫下來，就逐漸相信這應該不是什麼謬誤錯舉的後果，而是清楚意志下的一個行動。

我以著好奇態度匆促閱讀完這兩冊筆記本，對於其中斷續難以連結的內容，以及雖然標誌出來分別是日記與小說，這樣兩個完全相異也明確的主標題書寫，卻依舊無法清楚地分辨出來這個敘事的脈絡何在。尤其，在日記與小說二者之間，究竟何者才是虛構、以及何者是真實，更是讓我錯愕難測。

因此，即令閱讀完這兩冊筆記本，只覺得恍彿被誰人誘引地，忽然就陷入了什麼奇怪的迷宮困境裡。

這絕對是二本被某人認真書寫的結果，應該意圖以著真實與虛構交錯呼應，藉此讓文本彼此蔓延的個人創作筆記。並且，其中暗示書寫者意欲想誠懇與他人對話，然而斷續有如喃喃自語的奇異腔調，讓人難免要懷疑起書寫者的神智狀態到底是若何？以及，這樣綿長話語的終究訊息，與透露出來許多生命零星事跡的目的，究竟有沒有為著何因果、或設定是為了他者誰人，才這樣書寫出來的呢？

尤其，在現在這時刻，我再次閱讀著全部以黑茶色的圓珠墨水，細心寫出來既是娟秀也透著剛毅的筆跡，以及極少有任何刪改或劃去的內容篇幅，彷彿對我潺潺連綿作著吐露傾訴。而這一切顯然不近現實的情狀，在在對我顯示這並不是某人失去意志的任性偶發結果，反而更像是在精密心思下的一次隱晦話語表達，猶如我年少時常見那些帶著愛意的專注作為一般。

可是，為什麼我會是被選定的唯一承接者？難道這背後有著什麼必然動機？我不僅根本都還無法分辨出來書寫內容的真實與虛構何在，只是覺得就好像有人在我本來馳行的人生車廂，忽然從車窗拋入進來兩個宣稱歸屬於我的行李箱子，讓我如此慌亂失措，甚至連解開行李的鎖，都還四下翻找無法尋找到。

但是，雖然各種疑慮依舊滿布雲集，我決定先接受這樣一切突如其來的發生事實，因為對於所有猶然等待被釐清的未明訊息，斷然就採取否定的態度，完全不是我一貫的人生態度。尤其，我還會擔心這樣顯得粗鄙無禮的否定，其實蘊藏著我都不能分辨的某種傲慢與輕忽。

所以，我必須先學會敞開我的全部內心，我也必不可無因由的如此否認你，我甚至還要讓自己去相信這一切的路徑出現，必然有其明晰的來去跡痕。因為，這其中可能蘊藏著什麼懇切話語，譬如我尚且不能明白的某種隱喻與真理，以及從來就靜默沉潛的宇宙和生命，意想對我訴說的殷切召喚與呢喃。

其中最奇異的，是在閱讀著這兩冊私密筆記本的過程裡，會讓我忽然想起來我一個在年輕時就消失去的姑母。她雖是我真正的家人，但是我卻從來沒有親眼見到過這個總是帶著傳奇與禁忌色彩的家族女性。僅是總會在各種流傳的話語，以及家族影像的紀錄留痕，感覺到這個神秘姑母形象與氣息的存在，也因此恍然覺得姑母從來不曾瞬間離我真正遠去過。

當然，我知道要強加此刻這樣忽現的奇異事情，到神秘姑母的身上，絕對有諸多的不合理性。但是在閱讀筆記本的過程裡，確實就不斷反覆回憶起來，這樣一位未曾親眼見過、卻也未曾消逝出我腦海的遠方女子。

讓我在此對你先敘述一下這個姑母女子的生平大概吧！

我自幼時起就不斷被長輩拿來與已離家消失去的姑母作比較，譬如我那濃密過人又帶著微微捲曲的頭髮，或是我生來一直看似冷凜淡然、無動於衷的神情，以及不知為何我從來就會對於弱小動物或陌生他者的巨大同情能力，都頻頻不斷被拿來與姑母做呼應對比。甚且還屢屢召喚出來許多相識與不相識者，自動就會走向我來，然後伸出手來觸摸我的顏面與頭髮，並在這樣貼身與我互動的時候，我還能清楚見到他們的臉面與眼睛，都會同時顯現出來閃亮亮的感動光芒，以及必會發出來讚嘆般的濕潤話語：

「阿，這小孩根本一定就是她自己親生出來的吧！阿，怎麼可能會有兩人竟長得這樣相像的事情呢？」

「是阿，是阿！你自己拿照片去對對看，根本就是兩個分身的雙胞胎。甚至都可以說，真正的雙胞胎我也見過許多了，哪裡有誰會是這麼的相像啊！」

「唉呦，也真的太神奇了！你看這個世界上居然會有這種事情，一定是前世來投胎轉世的吧，如果不是親眼看到，還真是不敢來相信的呢！」

儘管我逐漸對這樣唐突的舉動，有著不耐與厭煩的感覺，我的父母卻奇異地似乎暗中鼓勵他人對我這樣恣意的言語與肢體騷擾，這原委我要一直到遠久他日之後，才逐漸能夠梳理開來。尤其最是關鍵的，就是這個年輕時沒有緣由就獨自離走他去的姑母，因為自幼即顯現出超乎常人的靈異天賦，同時還能有著迥異於其他孩童的堅持品行，譬如能夠自發地忍住對於飲食、糖果與玩具的誘惑，有如一個正在修行自持的人，那樣輕易就完全可以對這些誘惑無動於衷。此外，甚至有時候姑母還會在無意間，彷如四顧無人樣地、就說出來一些類似預言般的神秘話語，因此從小就蒙受著眾人的巨大側目注意。

他們傳言說姑母應該是攜帶著什麼神聖旨意，才會來到這人間的小孩，雖然完全無人知道她被指派來的使命與任務，究竟是為何以及是要與誰人相干？但也多半還是保持著遙遠距離的露出畏懼敬意。當然，也有一些比較相信科學求證的人，會在暗地裡說她根本就是一個生來就是精神有問題的人，因為像這種款特別愛去隨意胡言亂語的人，完全就不值得去給她特別作什麼特別注意：「阿就只是一個大概是有著輕度精神病的患者而已，你看看她那種打扮的模樣，根本是不男不女的，哪有神明會指派什麼旨意給這款的人。你們這些人根本是自己想太多了，根本就是自己想太多了啦！」

與姑母連身的聖潔傳奇性，伴隨著她的忽然消失遠去，反而逐日得到更多的呼應與尊敬傳述。尤其令所有人驚訝的，是在她離家多年的之後，某日忽然姑母就寄回來一封信，裡面附著一個光潔小嬰兒的照片，然後簡單幾筆直接告知大家，她已然是位人母的事實。

我的父親立刻斷言這絕對不可能是事實，而且明白指出這根本就是姑母自己幼時的照片：「這是她小時候的照片，我當然只要一看就知道的啊。」眾人也都這樣相信著父親的話，因為無人可以去想像姑母這樣的一個女人，竟然會不再是一個潔淨的處子之身，而且竟還會變成這種懷胎受孕的平常女人。

他們說：「這怎麼會有可能的呢？像她生來就這樣特別乾淨特別有著潔癖，根本什麼東西都沾不上去的人，我連光是去想像著有誰人去牽住她的手，或是去親一下她的臉頰，都還覺得是不可能會發生的。她哪裡有可能會去和那種異鄉的陌生誰人男子，就忽然這樣生出個小孩什麼的呢！」

最最神奇的，是我那根本已經過了生育年齡的父母，居然在那之後的不久，就突然的懷了孕，並且生出下與姑母長得幾乎難辨彼此的我來。也就是因為這樣，我的父母與眾人都隱隱相信著，我必然與那位老早遠離去的姑母有著什麼關連，甚且因此也暗自相信著，我或者因此可能也和姑母一樣，必是攜帶著什麼隱密的聖潔力量，所以才誕生來這個世界的。

這就是為何眾人會執意要來觸摸我，以及為何我的父母又會不顧我的意願，暗自同意眾人這樣作為的緣由所在。也就是說，因為他們都相信這樣眾所期待的聖潔祝福，或許可以就是透過觸摸到我的髮膚，因此與我有些直接的感知連結，而能讓眾人得到源自姑母那特殊能力的沾染沐浴。

但是這樣莫名的連結，並沒有讓我對於這位姑母心生感激，或是覺得有什麼親近感受。反而，我時時覺得幾乎日夜活在她詛咒的陰影之下，恨不得能夠早日脫離開與她的所有關係，以便在生活中遺忘掉一切關於她的事物，讓我得以重新有如新生嬰孩那般的自由自主。

也正就是因此，這有如自遠方傳來的兩冊無名筆記本，對我這樣長時在暗裡意圖的背叛行徑，似乎發出了某種委婉的警訊與昭告，同時讓我也只好宿命般地心虛伏首，去認真解讀這些訊息的意涵究竟為何。然而，我一定要先假設這兩冊筆記本，正就是姑母真實勾勒書寫的手稿，完全正就是她的堅定意願，讓我成為命定的唯一閱讀者，我才能合理地繼續這一切的思索發覺過程。

在這樣其實顯得不理性的自我偏執設想裡，我隱隱期盼能夠藉由對這些文字敘述的閱讀，來彌補姑母遺留給我的所有現實記憶的殘缺與不足，尤其為何她要突兀就遠離家鄉親人，並且被眾人猶如禁忌般地迴避對她的回顧與敘述呢？也許透過這些文字的迷宮編織，讓我能對這樣一切線索的斷裂與跳躍，重新長出縫合與連接的嶄新視野，甚至破解我為何生來就不能分離於姑母的離奇命運。

譬如在這兩冊的筆記本裡，顯現出來似乎永遠身處的緊張思考狀態，就深深吸引了我的注意力。她似乎讓我終於可以明白，原來作為一個不斷移動在現實與非現實之間，以及活在反覆自我獨白與身心漂流狀態裡的人，使她如何不自主地變成為一個永遠難於被捕捉與定義的人。而且，也正就是因為這樣徵兆的離奇，以及那顯得永遠緊繃的情緒狀態，才會讓我如此貼身地感受得到她所持恆在世間承受著的苦痛。

父親就曾描述過姑母這樣的特質，如何使她幾乎自絕斷語於周遭世界之外。父親說：「所以，她從幼小時候以來就很少說話，大半的時間就是自己坐在那個暗暗角落的小竹凳子上，不知為何地一直低聲喃喃自語。我有時覺得她既幼小又脆弱，完全需要我的近身護衛，有時卻會感覺到她身上散發出來巨大光芒的力量，幾乎讓我睜不開眼目，反而有著她其實才是讓人可以身心倚靠的父兄，那種忽然在剎那間惚恍不明的錯覺。」

譬如，父親過往曾經交給我一張單頁的手寫稿，說是當年在姑母離家，整理她房間的書桌抽屜時，所無意間找到的。父親並且說：

「我從來不能真正去理解過我的妹妹，但是我並不會因此擔心或自卑，因為我相信她真的是一個和我們通通不一樣的人。她確實可以看見到許多我們看不見的事情，這也就是她無法與我們來溝通，以及我們永遠沒辦法真正理解她的原因。但是，到最後她還是必須要離開我們，因為她也是同樣會覺得寂寞並且需要愛人的那種人啊！更重要的，她尚且無法忍受眼看他人在受苦，自己卻依舊平靜過著安逸的生活，這只會讓她更加羞愧難安。」

父親又說：「雖然我並不知道現在她究竟去到了哪裡，但是我堅信她並沒有死去，她一定只是像以前一樣，就選擇一人靜聲不語隱身在某個暗處而已，並且決定讓自己獨自去面對所有臨來的待遇。」

父親說：你知道嗎，我其實一直暗自覺得，有一天你也可以懂得她究竟是在想些什麼，因為像你們這樣的人，其實都不是只為自己在存活而已，你們好像是活在另一種看不到的現實，距離我們這種人非常非常的遙遠。而且，我真的絕對相信，就是因為有像你們這樣的人，特別讓我覺得自己其實對這個世界，根本就完全是一無所知的啊！

我一直謹慎保存父親交付給我的這張手稿，隔段時間就拿出來看一下，有時覺得好像懂了什麼，有時又覺得完全不明白。這手稿的其中一段話，我不知為何就可以背誦起來，姑母是這樣寫著的：

一切事物都在退化之中，有如在黃昏的光暈裡，那些逐漸暗自變形的枝幹，完全無人知曉，也其實無人在乎的逐漸枯死去。然而，是否一定必須在這樣熟悉的陰鬱景象裡，你那從來幽閉禁錮的靈魂，才得以悄悄對我重新綻放與顯現呢？這同時，那樣不可復返的日常一切，卻總是一次又一次地令我覺得震驚及哀傷，讓我於是明白餘生的記憶，就只能始自於即將黯滅去的蔭黯角落。那麼啊那麼，你現在是否可以終於告訴我，遠處傳來有如樂音、交織難辨那無因的愛，我是否現在可以決定轉身背離，去拒絕作接受呢？而那稀罕少見、總是為他人無由付出，因此總是尾隨著愛一起到臨的犧牲，是否就是必然會被分派來、我們必要接受的生活日常呢？

關於姑母生來就有的憐憫慈悲，父親會反覆地說：

你阿姑是最最憐憫慈悲的人了。我記得最清楚的那一次，是我在小學的暑假作業，要求我們去捕捉一隻蝴蝶，然後要製作成可以夾在作業本裡的一個標本。我終於採集到一隻非常美麗的蝴蝶，當我靠在圓餐桌上依照作業指示，小心翼翼用鋒銳的刀片切割與製作著彷彿正在展翅的標本時，我注意到我妹妹她忽然站在我身旁，無聲地流著淚並一言不發的盯望著我。我問她說阿妹啊你是怎麼了嗎？有誰欺負了你嗎、還是你哪邊不舒服嗎？她搖著頭沒說話，就只用手指著標本。我說：你想要阿兄做的這隻標本嗎？好啊好啊，你等我去學校交完作業，然後就把蝴蝶送給你可以嗎？她就繼續流著淚，終於低聲對我說：阿兄，我想要這一隻蝴蝶，阿兄我現在馬上要。我說：你是要這隻蝴蝶標本做什麼？她說：我要把它送回去天上。我說：蝴蝶已經死了，已經飛不到天上了。她說：蝴蝶並沒有死，蝴蝶並沒有死去。然後就繼續自己流著眼淚，讓我完全不知道應該怎麼辦。但是，我知道一件事，就是我一直很憐愛擔憂我這個阿妹，於是我為了安撫她的情緒，我就把快要完成的蝴蝶標本交給了她。看著她小心把蝴蝶捧到手心，自己走出去門外，我有些擔心地尾隨著她，見她穿進對街的小巷子，終於到了那條在村外的溪流邊。然後，她忽然把雙手抬高起來，用一種近乎聖潔的優美姿勢，抬頭仰臉望著天空，嘴裡像是喃喃說著什麼話語。在我驚愕難明的那一瞬間，我就看見到那隻蝴蝶，就是那一隻才被我親手抓到、也剛剛用針戳弄死去，做成標本的那隻蝴蝶，瞬間就翩翩地飛升起來了。並且，這隻彷彿才重新復活過來的蝴蝶，尚且還要在我妹的頭頂，道謝般無聲飛繞了幾圈，然後才獨自飛遠離開，一直去到達天空高處。

父親說：這件事情我從來沒有對任何人說出來過，連你阿母也沒有聽到過。因為就算那時我還只是一個小孩，我也完全心裡明白，即令我說出來全部的整個事實，也完全不會有任何人會相信我的話，他們就是不會去相信他們沒有見到過的事情的，不管你怎樣去說明都是沒有用的。所以，我阿妹我的那個最親的阿妹，她才會要活得這樣辛苦啊！但是，我覺得像你們兩個這種人，絕對是和他們其他所有人都不一樣的，所以你應該可以懂得也會相信我所說的話，就譬如那隻蝴蝶真的是有活起來、而且終於有飛到天上去。像這樣簡單的事情，我並不需要告訴你到底是為什麼，你一定自然而然就會全部懂得也相信的。而且，我後來也一直有在想著這件事情，我在想我阿妹那時能夠擁有這樣救活一隻蝴蝶的那種力量，究竟是來自於哪裡呢？這事情困惑我很久，然而我到現在也越來越相信，應該就是因為她生來就有著一種慈悲他人的本能，就是她天生就有的那種慈悲心腸，才能救活起來那一隻蝴蝶，一切就只是這樣簡單而已。而且，本來真正能夠救活起來別人的，就只是慈悲這樣一件最平凡日常的東西，並不是他們一直講的什麼公平啊、正義的那些麻煩舉動口號啊，更絕對不是其他根本更不相干的東西啊！根本就只是最平常的慈悲而已，就僅只是需要慈悲而已，就這樣一個簡簡單單的東西而已啊！

父親對於姑母天生慈悲的堅信，因此也自來就一直深深烙印在我的腦海裡。然而面對著這樣一個不知此刻究竟何在的那個傳說聖潔者，以及眼前忽然出現來的兩冊筆記本，我確實不知自己到底有什麼堅實土地可來依賴。我明白這二冊書都蓄意要對我陳述著什麼，同時也清楚顯現出來它們絕不輕易開口的傲然距離，像是一座岩壁或是一道急湍溪流，猶然等待著我攀越與橫渡的意志展現。

收到信後那幾夜，我躺在床上無法入眠，我知道是姑母以及離奇的兩本冊子，依舊佔據了我全部的精神狀態。我試著把目光投注到窗玻璃外，凝望出去那有著華麗藍黑色澤的夜天空，意圖去捕捉什麼流星般的過往記憶，能夠迅速穿刺過我內在靈魂，以來消弭與對抗此刻我在意識上顯得迷亂的困局，藉此得到一些喘息的空間。

然後，我就忽然想到了我在大學某一個暑假所發生的一件事情。

那是一個在社團裡顯得笨拙、卻明顯對自己有著好意的男孩，來信說他正在島嶼的南方，那個著名海濱渡假公園的飯店打工，希望我可以去玩一兩週。他說：

「你可以住在員工宿舍裡，甚至和我們一起吃員工餐，並不需要額外花錢，大家都不會在意的。我去工作的時候，你可以去後面山坡的森林散步，也可以走下去海邊玩水游泳。也就是說，你想要做什麼都可以，我相信那會是令你愉悅自在的狀態。而且，這裡的天氣跟景色，永遠都很完美無瑕，可以讓人非常輕鬆隨意，你一定不會後悔在這裡度過的一切時光。」

然後，又補充說明著：「還有，我必須要偷偷地告訴你，這其實是我舅舅的飯店，他希望我暑假能來打工磨練一下。因為他很堅決的認為，這是我以後想要去作什麼大事情之前，一定要先有的學習過程。」

我像是被什麼不明事物蠱惑般的，隔天就匆匆地跳上往南方的火車，奔向去我完全不熟悉的海邊。雖然確知那個期待著我到臨的男子，完全不是誘引我動身的原因，但是我卻好像依舊被什麼未知的力量所驅策，就是必須立刻要奔去這個彷彿一直等待著我的目的地，而且一分一秒都不想要多加浪費。

我被安排在八人共住的雙層鋪女員工房間，她們先用一種不知所措的神情，看著我這個突然加入共住的大學生，又彷彿因為知道我與旅館高層有著什麼特別關係，眼神同時透露著隔著距離的不信任。事實上，我也不想要與任何的女員工或陌生人，相互說些沒必要的話，我甚至期盼著她們不要過度打擾我。我每天的起居生活儘量簡單平常，通常就等著她們匆忙出門上工去，整個宿舍沉寂下來，我才幽緩地四處移動起來。

男子先是善意想為我安排一些活動與行程，在被我近乎嚴厲話語的拒絕後，他就不太敢主動靠前來與我說話或是互動，只用一種遠遠不解的目光作著觀視。我就在這樣幾近空白的氛圍裡，有時會走入後山，穿梭在顯得陰翳的森林小徑，也很快厭倦那些鐘乳石的蜿蜒洞穴，以及布滿爬藤與青苔的林間迷宮。

海邊雖然遼闊開朗，並且有著安靜的白色沙灘，但是畢竟太過炎熱與單調，同樣讓我失去長久逗留的意願。我最後大半的時間，還是選擇留在飯店裡，就在那個小游泳池邊的遮棚陰影下，自己讀著我帶來的幾本書，顯得有些無趣地度著日子。男子用納悶的神情，繼續遠遠的觀看著我，很少走過來和我說話，我甚至感覺到他似乎蓄意要完全冷落我，來試探我究竟能承受多少的孤單與疏離，以及是否會因此讓我心生懊悔，轉而與他和解互動。

這樣奇怪的關係，似乎成了我與他之間某種無形的角力，像是兩人在堅持與屈服間，僵持不下的意志拔河，而且沒有人願意輕易鬆手認輸。之後，由於逗留時間長於預期，母親幾次來電話，詢問我為何會遲返，以及究竟何時才會回家？我也不斷地想著這件事情，我雖然知道根本沒有必須眷戀於此處的理由，但是又像是在徘徊等待著什麼事情的發生。隨著時間一直過去，發覺竟然就陷入彷彿對毅力的考驗與測試過程，似乎只是想要看到這樣兩人間的張拔，究竟會是怎樣的最後收場結束。

男子在疏遠我的過程裡，卻不知是否有意或存心地，與我同寢室一個年輕的女員工，忽然開始有著曖昧的互動。我先是假裝完全對此無知覺，繼續冷眼觀看這樣的劇情在眼前發生。寢室裡的其他女子，似乎都詫異於事實的突然演變，會以奇異離奇的安靜，觀望著我每日起居進出的一切舉止，並用交互低語與暗隱竊笑的姿態，不斷戳擊與考驗我的沉著底線。

我擺盪在被羞辱與依舊好奇的不明情緒裡，尤其對於那名女子甚至把我當作一個競爭者，因而也會逐漸顯露出來的敵意怒氣，讓我忽然覺得彷如置身在全然不熟悉與難以想像的狀態。其中最是奇異的，是我發覺我對於這個疏遠我的男子，此時竟然開始有著一絲難以說明的慾想及憤怒相交夾，好像忽然發覺了獵鼠籠裡的誘人食餌，因而急於立刻撲食，即令涉險也在所不惜。

宿舍裡瀰漫的奇異氣氛壓力，明顯造成所有人的不安，我甚至聽見那女子在被子裡的夜半啜泣聲音。就在我覺得已經受夠這一切，打算離開這裡的所有事物時，那女子在員工餐廳的一次晚食結束，忽然獨自走向我來，在眾目睽睽的驚訝注視下，遞出來一個信封說：「他說要我今晚把這封信親自交給你。」

她的聲音微微顫抖著，眼眶似乎有著淚水滾動欲出。我雖然同樣完全震驚，還是努力按耐住情緒波動，彷若無事地收下信，立刻折疊幾次隨手塞到口袋去，自己一個人走出餐廳外。

屋外的巨大落日，這時正好要沉落大海，因此催促著許多事物的匆忙收場。我上方的天空，有許多大小色彩不同的鳥隻，或是落單個別、或是集結成群的，都顯露出要竄飛往哪裡的渴切情緒。天空此時越發地斑斕璀璨，海水鏡面般誠實對映這整個華麗景象，輪轉散發出橘橙紅黃幻變的色彩，像是什麼偉大劇目終場的展現與告別，讓我的眼光完全不捨得一刻離開去。

我走到角落的隱蔽花園，把信拆開來看。男子用顯得臨時起意的潦草筆跡，以及倉促的語氣說著：「……我聽說你在你住宿的寢室，受到其他人冷漠的排擠與對待，這事實真的令我十分震驚，也根本是我完全沒有預料到的事實。我原本以為我們這樣的安排，最是能夠符合你一向喜歡平常與自在的個性，以及不願意特別麻煩任何別人的習慣。總之，我現在覺得非常非常抱歉，居然讓你在情緒上，受了這麼多的不舒服，請一定要原諒我的粗心大意。

「今晚請你先搬到一間空的客房去住，暫時可以離開原來的那些室友。另外，如果你並不介意，我會在八點鐘左右過來找你，我想向你當面道歉，並且也和你一起商量，再來究竟如何的安排住宿，你才會覺得比較好。這樣你覺得可以嗎？」

信封裡夾著一個房間的鑰匙。雖然我覺得這一切都顯得十分可笑，依舊決定立刻回返宿舍，整理打包起來我的東西，在其他人的目光注視下，沒有顯露什麼情緒與表情，就一人移住入新客房去。

新臥房有寬大的床，屋外還有視野開敞的陽台，可以完整望見遠方依舊殘存的落日與海洋。我看時間離八點還早，決定先在浴缸泡個澡，能這樣全身浸泡在乾淨的熱水裡，遠離所有人的目光，讓我覺得全然心滿意足。自己也忽然意識到，自從我來到此處後，似乎一直緊繃著的情緒，終於得到某種鬆弛與釋放。

在這段時間的全然寂靜裡，我也開始思索究竟是什麼原因，讓我當初會匆忙就決定來到這裡住下來，並且還會在身心一直完全不很順暢稱心的狀態下，依舊選擇停留此處不離去？我知道當然不是為了那男子的原因，甚至也不是因為這裡有多麼優美平靜，讓我因此依戀徘徊不捨。那麼，難道我只是想逃離原本的生活，還是我想藉此迴避必須面對的某些事情，與什麼我也不明白的無形壓力嗎？

有一隻白色灰斑的鳥禽，這時忽然停落在窗外的木平台上，完全沒有注意到我近距離觀看的存在。灰斑鳥先是悠閒自在理著羽毛，忽然聽見遠方傳來一連串尖銳鳥禽啼叫聲，開始急促地四下探看，並不時發出嘹亮、彷彿回覆什麼召喚的鳴叫聲音。我有些被驚懾住，完全不知如何應對眼前的景況，也不能辨知這鳴叫是否是在對誰答話？或是意圖尋找隱在暗林裡的不明同伴？

然後，灰斑鳥注意到暗影裡我的存有。但是並沒有因此顯露出害怕的神色，就側頭凝目盯視著我，然後啪啪啪振翅飛走去。天色此時迅速暗下來，原本繁忙繽紛的鳥聲鳴叫，霎時間變成一片寂靜。我看一下時間，離男子要來的時間近了，就離開浴缸去做準備。但是，我其實不知道應該要準備什麼，那個男人究竟想要跟我說什麼，我完全不清楚，也沒有真的很在乎。我只是需要像這樣一間獨處的房間，那個男子能夠辨視出來我此刻的需求，確實已經讓我心生感激。

我當初告訴在南方等待我的這個男子，我所以會想要來到這裡，是因為意欲體驗不一樣的生活，他也全然認可並且承諾說，一定會讓我心滿意足的回返去的。現在想來，我那時的所有想像，幾乎全部都是錯誤的，或者說太過單純與輕浮，不管是對熱帶森林裡那蔓生枝葉與青苔的神秘憧憬，或是白沙海灘與潮汐進退的浪漫期待，甚至對於那些同寢室的女性工作者，可能與我相知相惜的自我設想，最終都讓我失望地覺得疲乏與困頓。

男子準時敲門出現來的時候，衣裝整齊並攜著一束花。我引他坐下來，同時道歉說我並沒有什麼飲料可以招待他。他於是顯得慌張立起來，問我想喝什麼，他可以立刻去櫃台取來。我制止了他的動作，就直接問著他：你為什麼想要邀我來這裡？是有著什麼特別的原因嗎？他就忽然愣住，說：我覺得你需要一趟這樣的旅程和休息。

我：為什麼？

男子：我覺得你累了，甚至我還懷疑你的身心也受傷了。

我：我完全聽不懂你在說些什麼？我並沒有遭遇到什麼特別的事故或挫折，為什麼會有連你也見得出來的疲憊與傷痕？你可以具體告訴我，你究竟看到什麼、或者你知道曾經發生了什麼嗎？

男子：像你這樣一個潔淨與單純的女孩，一個對愛懷抱著信仰與憧憬的人，是不該遭遇到這樣不合理對待的。

我：什麼不合理的對待？

男子：你真的想要再次聽我重述這樣過往的所有事情嗎？

我：是的。

男子：你那時愛戀上我的同寢室好朋友，因為他有著籃球校隊的體健身材，以及英俊風趣的外表，自然本來就是眾多女子鍾情的偶像。雖然他其實完全沒有被你的外型或個性所吸引，甚至還有些嫌棄你的舉止，但還是接受了你登堂入室的行事意願。同時，很快也就膩煩於你後來的癡情行徑，並且多次私下向我表達想要分手擺脫你的想法。但是，他忽然注意到我其實對你的暗中迷戀，就決定在兩人分手前，安排讓我能有機會與你的身體相接合，他說這是為情同拜把的兄弟所能夠做到的一件小事情。

我：然後呢？

男子：一個晚上你到我們的寢室飲酒，臨近夜半時，他忽然立起來說還有事必須離去，望著臉上立刻露出哀傷表情的你說：「你就留這裡睡吧！我有可能在天亮前什麼時候，就會回返來。」轉身離去前，又對著你說：「你就陪我這兄弟喝一下，在我如果晚點要回來前，我希望你和他一起睡一下，他就是一個很單純的男孩啊。」他望著同樣顯得詫異的我們，說：「你們就一起睡一下，你懂我的意思吧！這沒有什麼嚴重的，你要知道如果你是真的那麼愛我，就按照我說的話去做，要乖要聽話，我天亮前就會回來的……懂吧！」

我：然後呢？

男子：他走了之後，你就一直安靜地喝著酒。我不知道要做什麼，就不斷去換轉音樂歌曲，抒解自己其實極度緊張的心情。後來你問我說：你真的有在暗中愛著我嗎？我低聲地回答說：是的，我有。你說：你怎麼能夠確認那就是真愛？也許你只是一時迷惘而已，也許你根本就只是想和我睡一覺而已？我急急的說：不是，絕對不是這樣的，絕對不是這樣的。你就呵呵的笑了起來。

我：真的是這樣發生的嗎？那……然後呢？

男子說：

然後你說你醉了你也累了，你要去房間睡覺了。我就望著你搖晃走向臥房，並在入房前回頭對我說你不是說你愛我嗎？那你為什麼不進來陪我呢？你難道不明白我現在很孤單我現在很傷心嗎？我遲疑著沒有回話也沒有移動我的肢體，就安靜地聽著你掩門，以及之後房內發出的各樣瑣碎細響，並在腦中揣測你開燈解衣躺入被窩裡的模樣。然後，你又呼喊了我的名字幾次，我堅持忍隱自己蓬發的衝動與慾念，讓自己走進狹窄的廚房，就胡亂在冰箱裡假裝翻找著什麼食物，把心神的注意力完全移開來。這時，我聽到一陣低沉暗隱有如提琴般的哭泣聲，斷斷續續從你的房裡傳出來，我感覺到自己的身體此時痙攣般地抖動著，也發覺自己有如瀕臨著想要與你一起同哭泣的狀態，終於不能自主地走進去你的臥房。你的臥房一如我預料只點盞開几上的那個黃暈燈光，你的衣物雜亂散落在床前的地板上，而你就裸著潔淨的身軀，俯身背臉的躺臥在白色的床單上，像一個沒有性別的天使。我凝望著眼前這樣的景象，聽著你依舊斷斷續續發出的抽泣聲音，彷彿覺得自己似乎立在什麼神聖儀式的場所中央，等待著被允許參與到這個最是唯美與哀傷的神秘事件裡，而且只能一語不發唯恐驚動什麼。你就一直以著這樣的姿勢，以及越來越是低聲暗去的哭泣，在我屏氣凝看的過程裡逐漸沉寂地睡去。

我那時沒有任何的睡意，我就只打算繼續守望著你，讓你可以安睡到天明。但是，你卻會間斷發出各種囈語嚎音，並偶爾四處伸張與踢抓你的四肢，彷彿你正經歷一場與誰人的艱困戰爭搏鬥，讓我一夜直到天明都心生不安。我那時並不知道我應當如何協助或介入你的困局，就只能眼睜睜看著你一人彷彿正在溺水，並不斷發出求救訊號，覺得自己徹底的無能為力，只能暗自祈望你得到什麼他人的護佑，而終於可以穿脫出這些陷阱與牢籠。

我：喔喔，那後來呢？

男子：後來，……後來我自己居然就坐在床邊趴著睡過去，並且直到天亮時才醒來，然後發覺你已經沒有跡痕的消失去了。就像是一個從來不曾存在的夢，那樣不留下任何訊息地消失去。

我：那後來呢？

男子：後來，我那個朋友不斷問起這一夜所發生的事情，他很驚訝在那日後你居然就完全斷離與他的任何接觸，他猜想是不是我與你在度過那一夜後，已然彼此有著什麼新的戀情開始，導致你對他如此迅速的遺忘與棄絕。他說：在那天之前她還深深愛戀著我的，怎麼會忽然就把我全然忘記去了呢？我只能以微笑與不語的姿態，來回應他不斷想要印證我們那夜確實有過什麼性愛的歷程，甚至也不去否認你我間的戀情，也許已然款款流動的可能事實。我其實對他的任何反應都完全不在意，一直流連在我腦中不能散去的，只是你那夜獨自哭泣的隱抑語音，以及那有如惡夢囈語般不斷反覆吶喊出來：我很傷心，我真的很傷心了啊。

我：你這樣懷抱著豐沛感情的敘述，讓我覺得很震撼也很感動，但是我一直覺得像是在聽一個不相干他者的悲傷故事，完全不能相信你剛才述說的這一切，竟然是關於我的真實人生事情。可是，這樣慘烈激昂並且關於我的事情，為什麼我卻絲毫沒有任何記憶，反而必須透過你對我的敘述，才能經歷到這一切的過程呢？

男子：我寧願你可以把這一切全然忘記去啊！這也是為何我會要堅持你必須遠離開那個城市，來到這個完全可以獨身自處的地方，因為我相信這樣自然樸素的環境，必然可以讓你回復到原初的美好純真狀態。

我：我一直以為你只是想要藉此可以接近我，甚至達成什麼你對我的慾望或生命想像。

男子：我並不是這樣的人，我也從來沒有這樣的念頭。在我最初的想法裡，只有想著如何能夠協助你，讓你脫離開正在受困的生命局面，並且提供保護以及引導你的身心，讓你得以回到我曾經記憶的那種初始模樣。

我：首先，我不想再與你討論那段我受難過程的是否真實存有，而且我願意暫時讓我們都擁有各自的記憶權力，完全不需要去接受與理解對方的記憶真偽。但是，關於你對於我曾經純真模樣的惋惜，以及你以愛作為出發的所有無私付出，我雖然十分佩服，但也覺得深深恐懼。我寧願你今晚所以來找我，就只是要陳述你一直愛戀著我的事實，甚且承認你意欲與我共眠一夜的念頭。

男子：我接引你來到這裡的目的，完全不是這個。我擔心的唯有你，而完全不是我個人的慾望，我只是要讓你回返到你曾經擁有的純真去。

我：那麼，你想要再看一次我那夜的全裸身軀嗎？你想要再能有一次機會，可以和我共臥同寢，而不必坐在床榻邊的冷硬地板上，孤單寂寞的度過一夜嗎？然後……然後，也許我們還能一起翻轉做愛通宵呢？

男子：請不要這樣說話，這絕對不是我衷心的願望。我只是無法忍受見到你這樣受著苦，無人可以這樣對待你，無人有權力能讓你陷入這樣不安的境界。

我：在我那夜作著連串惡夢的同時，你難道因此沒有辦法安然的入睡，或者另外作著自己的夢嗎？

男子：有的。我不覺中也睡著去，並且夢到我到抵了甜美的永恆花園，我們兩人平靜地在花團錦簇的花朵盛宴裡漫步，一切都是如此祥和美麗。那麼，你……你會想要聽我敘述我的夢境嗎？

我：不要，我並不想要，我完全不想進入你的夢境。那是你自己營造的夢境，與我的人生是否受苦或快樂，一點都沒有任何的相干。

男子：也許……也許如果有一天，當你決定想要聽我敘述時，我還是會樂於對你再次重述。

我：我可以請求你一件事情嗎？

男子：當然可以。你現在有什麼需要嗎？

我：我希望你現在離開我，我需要先回到一個人獨處的狀態。

男子：你真的是這樣期望著的嗎？你不要我停留在這裡陪伴你，聽你傾吐並安撫你的心情嗎？

我：請先離開吧，當我需要你的時候，我會去叩敲你的門。

男子：好吧。……但是請記得我隨時都在這裡，也隨時都可以回覆你的任何需求。

我：晚安吧！

男子：好的，……晚安！

那男子離開我的房間後，我立刻收拾我簡單的行李，迅速走下去那條暗黑的柏油路徑，並且迅速搭上最後一班可以銜接到大城市火車站的夜巴士。透過不斷在奔馳的車窗，我看著曾經在陽光下顯出濃綠與深藍的山海世界，此刻卻蒙受著黯淡月色的籠罩，透露出屬於死寂的無邊黑暗。

此時，我意識到自己從來的孤獨與無可依靠，就流出了眼淚。

而我現在再次回顧這一切，終於明白姑母你姑母你確實就是在那一刻瞬間，忽然降臨來到無人的空寂巴士，並且顯現出你慈藹的面容，讓我望見你透過車窗玻璃的倒影反射，清楚與我面容相交疊。然後你伸出溫暖的手，拭去我不斷滾落的淚珠，阻止我想要對你傾訴的無數話語。

姑母你對我說：「不要說話，就依靠到我的胸懷來吧！」

姑母你又說：「閉上你的眼睛，專注地用你最虔誠的心，來朗讀我寫給你的這兩冊筆記本吧！」

我回答說好的好的，並且專心地讀起這兩冊筆記本。心裡想著：是的姑母，我知道我該回家了。於是，我凝神平靜如姑母你所說的閉上眼睛，沉思著姑母你所意欲對我陳述的話語，無聲地朗讀起來被我緊握在手中的這兩冊筆記本。

然後，我注意到我正不斷迴旋重覆唸著姑母日後多年後，才真正對我說起的那句話：

必須拒絕所有的愛，因為每一個愛都是深淵的入口。

是的，是的。……我必須要拒絕所有的愛，因為每一個愛，都是一個深淵的入口！謝謝你的提醒啊，姑母！

（以下各位即將要閱讀到的，就是上述兩冊手寫筆記本裡的所有字句內容。但是，唯有一件事我一直不能明白，就是其中的「日記」，明顯卻是個男性作家的語調，而非姑母本當有的第一人稱敘述模樣。這件事情讓我困惑很久，我現在仍然不知道因果為何，但是我也想先提醒各位知道一下，這確實就是姑母她手寫的日記啊。）

日記

20160622

終於動筆寫下了最初的幾百字，覺得好像用斧頭砍破了某塊巨岩的小缺口。想要寫這小說的念頭，初始確實是十分的不明確，有些像是想在山般的岩石上，刻出自己模糊猥瑣容貌的嘗試。而所以會這樣盲蛇般的忽然蠕動起來，大概也是隨著前一本小說的出版後，被逐漸升起也越是強大難抗衡的什麼莫名念頭，就是有如被繚繞喉頭滾滾欲出的一句話，既不清楚也不模糊的聲音，惡夢般包裹起來的結果吧！

但是，真的決心要開始做的時候，卻又擔心猶豫起來。先是語音腔調的不能尋找確立，以及故事與旨意如何建構互錯的問題，就有如預備要去遠行時，永遠也準備不周的行李，以及已然知道等待著我的各樣未知困難，因此必然將會缺漏什麼的沮喪，開始逐一暴露腦中，令我心生隱憂與不安。

現在無論如何已經起了頭，儘管許多問題與答案，都還沒有完全的清楚明白。但是，總是翻開第一頁、以及踩踏出第一步，也讓自己明白眼前這條路，就是得好好的走完它。即令目前腦子仍然一片茫然，只有遙遠模糊的聲音，彷彿持續在召喚我，若隱若現的燈火，依稀在遠端撲爍引路，此外全然是一片沉寂與黑暗。

但是，我依舊告訴自己：就走下去吧，就繼續這樣走下去吧！彷彿自己已然是那條滑行向無返回路程的船舶，只能以著榮光的態度繼續奮勇向前了。而且，光是看著我這樣顯得愚昧的堅持，這樣近乎無悔的固執，我應該可以給自己鼓掌稱讚的吧！

我想我其實想寫的這部小說，就是想要表達一個簡單清晰的說法，它的重點應是對一個信念執著的讚賞，對一個人能夠自我完成、並且無顧他者期待的堅毅決然，這樣態度的美好讚嘆。但是，我也立刻覺察到，看似如此單純簡單的目標，也完全並不容易在現實中見到，因為即令只是一個簡單的信念，若是沒有能力去掌控，或是包容那撲襲在後的繁複矛盾現實，往往所謂的單純與簡單，最後只會淪為單調與無趣，而不會出落成因為平凡而美好的單純，以及總是嚮往的簡單與美好。

此外，這樣意圖簡單與直接的原因，也是暗自想著能否召喚出來那只是願意依附在單純心思裡的話語，也就是那種混濁、曖昧也熱烈的情感，那些傳自遠方他處的奧秘訊息，那些總是隱而未現的事物，會不會因為這小說的意旨與人物的單純潔淨，而終於決定張口說話了呢？

同時，我也要時時提醒自己，必須懂得有所保留與適時自我節制，以能維持自身思維的清晰簡單，與身心的平靜健全。否則我不斷傾吐而出的話語，有可能只會混濁如暴雨後的溪水，根本還沒有機會與溪床對話，就在瞬間被沖刷流逝，並淪落成無法分辨面目的汪洋滄粟，有如那永遠不能化蛹的蠶繭化石，終於難能被他人明白聽懂。

其實，要能夠如此鍛鍊自己內在的掌控或包容能力，必須先要懂得清寧平淡自我的心情，尤其必須能夠學習全然不受外來事物的干擾波動，讓自己得以持恆處在一種良善蓬勃的精神狀態。這一切所以必須如此，都是因為我想要在小說的敘事裡，探索尋找曾經存在著的那簡單原初的本我可能。在那樣的狀態時刻裡，一切都已經命定安排，同時依舊有著無盡的可能，萬事既無從生也無從死，任何人為的蓄意作為與介入，也是全然不必要且多餘無用的。

這是對於一直等待被捕捉與述說的原初之真，所繼續持有的一種信仰，也是對敢於棄離此刻現實，在態度上的必要堅持。此外，還有對於不斷犯錯的不懊悔，讓自己永遠處在不確定的狀態裡，以看見自己內裡依舊燃燒的火燭，並引導這樣因思考而存的熱流光亮，有機會以著詩意的語調流淌出來。

說到底，我真正想寫出來的，或許就只是愛情，就只是這麼直接簡單的東西，也可說是一件人人皆能懂得的事情。也許，有人會覺得為什麼不寫一些更加嚴肅或是高尚的題目，譬如對革命與公平正義的呼喚？對我而言，愛情與革命的本質，本來就是一樣的，因為其中都存有人類共有的苦難與殘缺，也有著自身永遠難於克服的不可完成性。書寫愛情的故事相對要簡單些，只要記得要與角色一起經歷痛苦與幻滅，讓自己真正去遭逢同樣的切身之痛，基本上就是足夠。然而，關於處理革命的所有相關故事，一不小心就容易把自己與別人的苦難，分別開成兩件相對望的事情，有時因此會把別人血淋淋的生命故事，無意間當成一個事不干己的理論或題材來看待，因此想要真正處理得適切，我覺得更是困難與危險。

但是，即令是寫一個愛情故事，要真正與受苦者一起同感身受，依舊並不是那麼容易做到的。就譬如今天我再次收到這一封從出版社轉來的奇怪信件，我在耐心閱讀完之後，就獨自走到陽台上，用打火機把這封信燃燒掉。然後，我一邊抽著煙，看著信紙逐漸萎縮乾涸成一片黑色的灰燼，形貌依稀可辨，卻實質已然無存。同時，開始泛泛思想著，怎麼現在還會有這樣癡傻的女子，完全能沉浸在自己的想像世界裡，並且還繼續顯現出如此的自我說服態度，與完全心意堅定的意志力呢？

最初始收到信時，裡面蘊藏的情感與某種怨懟心情，讓我著實有心慌的感受，甚至還懷疑真的是否曾經認識過這樣的一名女子，或是在過往不小心疏忽傷害過誰人的感情。我認真地看著每一封由出版社轉來的信，淡粉紅色的信封信紙裡，細線條黑色簽字筆所書寫的笨拙內容，甚至還隱隱飄出來有些刺鼻的人工香味，已經成為我日常生命所慣於接受的一件事實。尤其每封信的格式幾乎都是一樣，只是次次都會以一種親暱怪異的不同稱呼方式作起頭，彷彿我們早已是熟知彼此的戀人那樣，結尾則簽著同樣怪異的一個英文名字，從來沒有留下真實名姓以及回信地址。

起初，我試著如往常般的平淡做處理，像是這種沒有回信地址與寄信人真實名姓的信件，就是簡單地置之不理。然而，不久卻發覺她一直十分規律也定期地寄信來，讓我幾乎都知道何時即將收到下封信。我開始有些擔憂，就把接續收到的幾封信，一起交給我的律師與擔任心理醫師的朋友處理，他們立刻確定的告訴我說，應該就只是一個有妄想症女子的作為，很可能又正好是你的書迷與粉絲，所以選擇將你當作她日常生命裡投射的幻想對象而已。

「由於她目前的書寫，對你只有無盡的仰慕與讚揚，並沒有構成任何的威脅壓迫，因此暫時沒有必要、也還不足以能採取什麼法律行動。除非她明確暗示了什麼威脅性的行為可能，或是做出傷害性的話語攻擊，否則你只能被動的觀察與自我保護。」我的律師這樣講。

「確實看不出什麼立即的威脅與法律反制的必要，但是我覺得你還是要多加小心，妄想症者是會自己發展各種現實假設，並因此配合做出自身的下一步行動。所以，你雖然完全不可以主動回覆做出任何反應，但還是要去看她寫信的內容，留意觀察她是否有任何激烈的情緒變化，好讓自己可以未雨綢繆的做些預備。」心理醫師的朋友這樣做建議。

我承認一開始閱讀這位女子的信時，確實會讓我心生不舒服的感受，像是被強迫吞嚥下什麼噁心食物般的反胃。那些溢美的稱讚，以及對於未來共同生活的美好憧憬，完全撩撥不起我心念的任何波瀾。然而，出乎我意料外的，隨著時日過去漸漸閱讀下來，並透過她對於自己生活偶爾的描述表達，以及日常口語化的書寫語氣，我對這個陌生人似乎有些熟悉的感覺，甚至開始好奇關切起她所描繪的私己人生點滴。

我有些像一尾不覺間上了鉤的魚，允許她以日常的瑣碎生活，逐步干擾介入我本當屏蔽護衛的完整世界。畢竟，我對她這樣不間斷信件的擔心，最初是始於她是否會在肢體與日常作息上，忽然對我造成任何有形或無形的傷害。但是隨著時日久遠之後，我發覺其實漸漸會積累與高升的憂慮，反而是來自她究竟會不會變成我日常生活節奏的干擾，以及是否會造成我創作小說過程裡，某種思考發展與情緒掌控的阻礙。

譬如今天我才開始書寫的小說，正是用來提醒我關於必須生活得單純簡單，藉此才得以探索到心靈幽境的重要，否則我是永遠寫不出我想要表達的那種信念執著者的聖潔感覺。這也是當我看著寄來信紙原本完整的灰燼形貌，被一陣強風吹散消逝四下飛去時，忽然有著的寒顫感覺。我瞬間驚覺地意識到這樣一張注定成為灰燼的紙，彷彿有如什麼失敗者的命運預言，難道這究竟最後會是她的人生、或是我自己創作的結局與暗示嗎？那麼，這小說的書寫與完成，真的會成為一場我與她之間戰爭過程的隱喻嗎？難道她竟會是誰人派來的試煉者與阻擋者嗎？目的只是為了考驗我終究有無足夠的力量，去完成我欲想去到達的那個目標嗎？那麼，是否我們彼此正透過尚無法預期的小說情節與發展，正在開展我們在對方的隱顯與存有間，對於命運答案究竟應當為何的張拔對決呢？

那麼，如果無法確切制止她以這樣不斷的書寫行動，對我所產生的一種隱性干擾制約，並肇使我自身在生命與創作上殘缺失勢，是否我將不覺淪為她在心靈上役使的奴隸？因此，我欲想達成的事實與目標，恐怕終究會要成為飛散灰燼的徒然書寫過程嗎？所以，既然是絕不可與她真正的面對面議論爭辯，那麼如何能以自身猶可掌控的力量，譬如專注書寫這本我可以自我主導的小說，來設法隔離斷絕開這位現實的虛妄者，惡意想藉由書信的定時送達，來滲透干擾我生活原本的路徑，並同時拒絕她誘導我進入什麼危險的深淵，或許就因之更加必要去小心提防了啊！

但是，說真的我也不知道我為何要開始這一部小說的書寫，好像我已經預感到什麼即將發生來事情的不可避免，有如預見滾滾而來山洪即將滅頂我的生命，而想以我微弱僅能掌握的書寫，來留住一些什麼曾經存在與活過的跡痕。但是，也有可能我只是不甘心這一切的命定與不可違逆，還想憑藉創作所賦予我的力量與權力，來試圖對抗與挑戰這條湍湍溪流的控制與去向吧？

我與不可知的讀者，以及在這個剛開啟的小說中，才剛剛被我所初創造出來的那個女子，都一樣的不知道自己究竟是誰，也一樣不知道明天會是什麼模樣，一切都沒有暗示與承諾、也沒有任何懊悔的機會，這小說必是一個公平的世界。也就是因此，我絕對不會允許我的小說，僅是以敘述來重覆已經存在的現實世界，反而希望它能自由展翅發展，隨意穿梭空間跳躍記憶，終於為我們找到屬於純然想像的另一個真實境地。

或是，與其說我正在寫一部小說，不如說我在進行著一幅難於完成的自畫像。因為這樣顯得有些徒然與盲目的舉動，無非只是想在生命或將要瀕臨中斷的那個絕境處所，堅持不懈地去補綴著一些筆觸線條，意圖能再次勾勒出自己生命曾經存有的輪廓跡痕，或是挖鑿開什麼被我的記憶埋藏起來的真我面貌。

這樣寫到這裡，似乎顯得有些過於虛無與徒然，這應該完全不是我的本意。我所以必須要這麼做，以及會這樣去想，或許只是想要藉此發現一些我還不知道的真相，以及找回有些目前迷失的生命路徑吧！

今晚所以我會忽然寫了這些瑣碎的話語，半是因為小說剛起頭的興奮與焦慮，另外一部分，也是因為同時再次收到這封匿名女子的信，忽然整個思緒就雜亂的緣故。至於，為何會從我原本單純內在的自我小說書寫，卻忽然聯想到那個陌生女子的唐突行徑，確實還是難以自我理解。這二者的關係所以會彼此連結，畢竟顯得有些奇怪與突兀。我想所以會如此相互連結的原因，應該是因為在今天收到這封信之前，她也已經有一段時間沒有來信了，而忽然會這樣離奇決定不再給我頻繁固定的寫信，是不是因為她已經有著想要斷絕與我有任何關連的念頭，還是在她私下的生命中，突然發生什麼我尚且還不知道的意外事情，而導致這樣突然信件的延宕，所以也讓我心生不安吧？

可是，難道我竟然還會繼續期待著她的信件出現嗎？真正驅策我要去寫這個小說的原因，難道會是因為這一段時間沒收到信件的焦慮嗎？可是，這樣的邏輯實在也太不可能了，絕對不可能是這樣的。但是，也因為這樣事實的確實存在，讓我認真思考起來幾天前我隨手讀到的某篇文章，說杜斯妥也夫斯基在臨終時，寄給朋友的一封信裡，他這樣寫著：「療救之途、逃避之途，都只有一條路途。那就是藝術，就是創造性的工作。」

那麼，難道她持恆的信件與我的小說創作，都只是說明我們各自有著某隱疾的真實存在，以及，可能僅只是我們都亟需被療救或自我逃避，某種真實狀態的暗示與顯現嗎？還有，為何我對這整個信件的事情，會如此抗拒與不安，難道我都一直還在想著要去療救別人，或是想要對眾人指出逃避路徑何在，自己卻意圖活在沾沾自喜的榮光中，甚至忘了自己根本才是真正病者的事實了嗎？

我真的累了，今天就先這樣了。

晚安晚安！

20160705

停頓下來了，連閱讀其他東西的力道也沒了。

我在想原因有兩個，一是因為我還無法給這個剛被我創造現身出來的角色，找到合適屬於她的現實依據，也就是讓她可以被這世界真正接受承認的現實感，像是衣著、來歷與腔調等等。另外，目前也還沒有真正凝聚出來她所該特別具有的聖潔性是什麼（或者說可以證明出她所以是真正的聖潔，所需要的一切非聖潔邪惡旁證的對照）。

或許，這也是說明那種得以讓她不用去依附現實，而得以存在的形而上特質，並還沒有被我創造呈現出來。這樣的特質，是那種我希望能真正被傳達的聲音，或是因為自身的固執與無悔的某種封閉態度，先是引發了所有人的不解與反對，甚至於人人都想置之於死地的嫌惡，然而卻透過某種現實行動、或對於什麼理念的絕對堅持，終於還是能夠完整展現出來自己的私己初衷，而讓人不得不去尊敬與相信的某種內隱力量。

小說所以會停頓不前，也很有可能是因為我其實還不夠相信她，我沒有真正相信她力量的存在與強大。或者，也是因為我根本還不夠尊敬她的聖潔？因此，我還不敢讓她去為惡與入罪，並讓她去真正接受試煉？我雖然可以感知得到她的影子似乎存在，但還是無法真正觸摸到她真實的呼吸心跳。這個角色與我的關係，因此依舊還是太虛無太飄渺，作為存在者所需要的血肉羽毛，依舊沒有辦法生長附著上去，因而只能是以一個不斷想躲藏避開世人目光的影子現身，也根本有如一朵猶然不知道該以什麼模樣面世的灰色雲朵。

還是，是她蓄意選擇在躲藏迴避我，因為她還沒有預備好自己，還不想與我正面遭逢對話？或者，根本是我自己多心猜疑，其實所有的故事與人物，本來都早就準備好，也在那裡等待我們多時了，有如優美音樂響起來時，那看似空蕩蕩被懸置的舞池空間，其實早就預知你我必然即將殷勤邀請半掩在黯影裡的某神秘靈魂，好開啟一場早該發生的舞步對語。是的，真正一直還沒有預備好的，也許並不是那些故事和角色的鋪陳，而是急著想要邀請他們現身出來的我。他們所以猶然不願意現身，很可能是因為我目前的姿態與氣味不對，以及我顯得淩淩外露的霸氣，還有自以為是的姿態模樣，甚至想憑藉理性邏輯與單一觀看的論斷方法，都阻止了對方的共舞允諾。

譬如那個匿名女子對我的生活開始造成的干擾，讓我因而心生的怒氣與譴責，甚至不斷暗想如何用現實有效的方法，來給予她決然的制約與懲罰，可能都不覺讓我在心底的深處，凝聚出濃厚多層的陰暗怨氣，以及某種兀自強大的意志主張。這些陰鬱、憤怒也幽暗的氣味，當然會嚇阻我所一直期待、那個純然潔淨精靈的現身。因為它們身上飄著這樣的芳香氣息，當然從來不喜歡與我如此的污濁共舞，也絕不願意與我共同生活在這樣骯髒的淵塘裡面的啊！

但是，我想小說如果真的決定要自己停頓不前進，就還是讓它停頓下來吧！我真正需要學會的，是永遠要讓角色來催促我的書寫，千萬不可以主動催促角色或故事往前行。因為它們在被逼迫的情況下，通常不是對我隨便敷衍了事，就是變成行屍走肉的模樣。也許，有時依舊有著看似堂皇體面的外表形貌，甚至還能在一段時間裡，輕易地唬弄過作者與讀者的耳目，但是，這種小說很少能經得起持久檢驗，因此也能預期最後必然難能有得以長存的結果。

我一定要耐心等待，時間到了小說就自然會現身出來的。但是，我的內心也完全知道，要是小說的本體一直都不出現來，像一個堅持拒絕被誕生出世的小孩，不管世界如何去做願望，也是無可能如之何的。而且到了那樣的時候，可能整部小說都只得放棄不要去，完全無法有什麼折衷妥協的解決方法。但我相信也希望應該不會這樣，雖然我也許確實有些太急著起步，有點太緊迫與沒耐心，意想要魔術般迅速變出來一個我所要的結果，因此當然可能會、這當然會扼殺一切敏銳與羞怯靈魂的現身！

不過，我覺得我依舊存有著信心，因為我已經確實感知到小說裡的靈魂飄忽存在，餘下的只是如何召喚與對話的建立，這才是目前的關鍵所在啊！有如今晚電視不斷預告即將來襲的超級強烈颱風，暗示那種從來不能預先明白、從太平洋深處忽然就撲襲出來的神秘力道，將要無因震撼與席捲過我們這些窩居在屋子裡所有人的日常生活。我相信這會是一場極其嚴肅與神聖的戰鬥，我們是否能抵抗這樣無邊力量的吹襲，除了屋宇結構的牢固，個人信念與意志的堅定不懈，應該也是絕對同樣重要的。

在我現在要入夢並因此進入無可掌握的狀態前，我想唯一可以依舊慶幸的，是現在小說中的她，依舊還是徘徊來去，並沒有想要真正棄我而去的意思。也許這意味著我與她對話的依舊可以期待？以及，她還在考慮對我傾訴話語的可能？讓我就懷抱著這樣的願望入睡，祈求她能穿越颱風的籠罩威脅，安然到抵我為她預備好的這個文字世界來。

20160803

荒廢了一整個月，什麼也沒有寫出來。天氣異常炎熱，但這應該不足以成為任何藉口。就是「我」什麼也沒寫出來，就自己承認這個事實了吧！

這個月間，我可以立即記憶敘述的，是去國家音樂廳聽了一場音樂會。這是臨時起意的決定，我同時意外買到了第一排正中央的位子，可以十分清晰地看見四位樂手的每一個表情與動作，讓我幾乎有些過於迫近表演者肢體的惶然不安。核心表演者是一位年輕的薩克斯風樂手，整場音樂會就是以他所創作的爵士曲為主軸，樂音的旋律悠揚動人，反覆溫柔述說著對於神秘森林的幽靜嚮往，讓本來顯得有些奚落不足的聽眾，都能熱情持續報以掌聲。

我在音樂會進行的過程，注意到我後面的幾排，似乎有人對我一直注視著，因而轉頭去觀看，雖然燈光顯得昏暗，但我依然對目捕捉到了一雙女子的眼神。那是我完全不熟悉的一對陌生眼睛，我不知道她為何要一直望著我的身形背影，而且在她的眼神裡面，瀰漫著一種難明的哀傷，讓我瞬間覺得驚顫不安。

音樂會中場休息時，我立起來再次回頭去，看見她已經走離開座位，正好也目光看過來，因而彼此再次相交目。但是她立即轉身低頭快步走出去，我遲疑著終於決定留坐在位子上。開始想像這個穿著得體白色套裝的女子，究竟會是誰？為何她的眼睛會顯露出如此驚惶的神色，難道我與她曾經有過什麼樣的人生過往交際嗎？

音樂會再次開始時，我發現她的座位已經空缺，她竟然決定提前離開這裡。這樣突兀的舉動，整個打亂我對於後續音樂演出的感知，忽然就陷入到一種茫亂的狀態裡，完全背離薩克斯風樂手努力在召喚的神秘優雅，幾乎無法安定的坐在位子上。最後，我在觀眾對於安可曲不斷鼓譟的期待中，一人悄悄地立起離開了音樂廳。

那個女子望著我的迷離神情，一直停留在我的思緒裡。我反覆地想著這件事，越發確定我從來並不認識這位女子，然而一個偶遇的陌生人，為何竟能有著這樣望看我的神情呢？在那種神情裡，有著彷彿因為曾經與時光漫長共存，才能浮露出來的寬慰、接受與哀怨情緒。可是，她不過是一位與我全然陌生無關的女子，一個只是忽然馳行過去的列車裡完全倉促模糊的陌生影子，卻竟然為何會顯現出這樣複雜與濃烈的外表情緒呢？

而且，我必須承認一件事，就是在第一眼看到她的時候，確實前妻身影立即浮現我的腦海裡。這是到現在還很令我驚訝的事情，因為這個陌生的女人，絕對不可能會是我前妻在此地的突然再次出現，而且隨後再細想下去，也見不到兩人容貌的任何真正相似處。我會這樣把她和前妻聯想在一起，完全沒有任何必然的因果關係存在，我想應該只是我自己的自作多情，或者忽然閃神的結果。也許，就是當我望見她的那時候，正好前妻的過往形象，也同時穿越過我的意識，才會產生出這樣莫名的交疊幻覺吧！

但是，事後我重新回想起來，所以那晚會突然去買了這場音樂會的票，可能正就是潛意識裡對妻的某種懷想吧！在我年輕猶然無法憑靠寫作的名聲，賺得到可以支撐家庭生活的錢財時，妻一人去教授鋼琴的收入，一直是我們共同生計的主要來源。也因為當時完全無法確判我們未來的經濟穩定性，以及我自己對於生育的某種隱憂，讓我斷然拒絕她想要生養小孩的想法，甚至連帶導致兩人之後的分床與分居等事實。但是，如果一切可以從頭再來一次，如果當時我早知道自己後來寫作生涯的安然無恙，我是不是就可以同意和她一起去生養起幾個小孩呢？老實說，即令是現在中年的我，不但不會因此這麼樂觀，也無法說出來答案會是什麼呢！

我幾乎相信妻與我的最後分離，是注定無可改變的必然事實，這與我們究竟有沒有去一起生養幾個孩子，完全沒有任何關係。生養小孩只是果，不可能撼動早就存有的因，沒有真正出路的迷宮，就是注定無人可以尋到出口，這個道理是如此明白清晰，也是人人皆能理解的事實。

那麼，在我意外參與進去的音樂會裡，忽然出現又消失去的那個陌生女子，當時真的是有一直在看望著我嗎？還是，這也是我總是不斷閃神、並錯編記憶的再一次自我想像，是我建構了一個自己期望發生的故事，而那個女人只是不幸又被我編織進來的某路人甲，是某個不小心被我硬拉入這個戲碼裡的倒楣鬼吧！

我現在真正需要的只是一個好夢與好眠，並且能迅速把這些不相干的女子，徹底地逐出去我的腦海。

20160806

奇怪地，這幾天會不斷想起前妻，甚至還會在夢裡像陌生人那樣見她出現來。但是，這當然絕對不是我又開始懷念起她什麼的了，就算那時聽到她迅速改嫁的消息，其實我當下心底湧起來的，反而是一種鬆了口氣的感覺，好像終於可以從什麼枷鎖、還是牢籠裡解脫出來的感覺。這樣去對她與她所心愛的婚禮作形容，其實真的很不好，因為作為一個妻子，她完全並沒有失職或對不起我什麼，反而是我作為一個丈夫，在那段時間裡一直顯得無能也愚蠢，再加上接續不斷的離奇失序行為，使得這一段婚姻關係倍顯困難。如果要真的算清楚對錯的歸屬，因此有人應該要向對方說出類同對不起這樣的話語，那個人一定就是我。

也許，現在再回頭看這一切，都已經無所謂了。就是在那時長期籠罩著自我無能也愚蠢的低壓感覺，讓我這樣的行為情緒，似乎被鬼魅附體般的難以脫困，甚至有些逼近窒息的奇異個性徵狀，終於逐日在我的身上浮現出來。就像是每日清晨對著浴室鏡子凝看自己時，望著身體日日長出不認識的那些奇異枝葉蕈菇，逐漸覆蓋掉我本來的軀幹肢體，卻又發覺自己其實毫無辦法干預，那種只能親眼望著自己被陌生他物覆蓋去，因而顯得慌亂、徒然與失望交夾的心情。

我一直就是一個我並不認識的人，我也無力去呈現出來真正自我的面貌，這才是我該對前妻道歉的關鍵話語吧！

我那時開始排斥參與她鋼琴教室的社交活動，我發覺自己完全無法與她同事以及學生家長，繼續用那種虛假的表情相互微笑說話下去，甚至對他們好意關心我寫作狀況的問語，也會突然地發怒失控。妻迅速察覺了這個事實，她只用狐疑多於擔憂的眼神看著我，我當下完全猜測不出她心裡究竟在想著什麼，讓我覺得非常的恐懼孤單，也發覺兩人間的距離，既且遙遠也十分冰冷，全然不再是我們一直想說服給自己與這個世界，我們曾經有過的親密互愛模樣。

我們也試圖去建立一個新的互動交疊關係，意圖破解這個逐日顯現、令我們覺得擔憂的高牆。就是我們會在每週固定的某個晚上，相約在家一起觀看影片，我負責去挑電影，妻則料理小酒點心，在蓄意顯得昏暗的沙發裡，相伴看著那些我朗朗熟悉導演的作品。但我的殷勤解說電影，似乎沒有真正喚起妻對於這一切安排的熱情反應，也讓這樣夜晚的費心努力，越加顯得僵硬與做作，至終就沒人再去提及的無疾而終了。

但是，我其實還是深深懷念著那樣的晚上。我們那時租的屋子臨靠著鐵路，就在客廳的窗子外面不遠處，會不時有火車轟轟地駛過去，這時候就聽不見影片的聲音了。我多半會隨著聲響望出去窗外，想要看見黑夜裡努力奔馳的這些列車，究竟是坐著哪些乘客，他們的臉孔究竟長得什麼樣子？還有，他們又是想要各自去到哪裡？以及，他們在這樣的暗夜裡，到底又在各自想著什麼呢？

妻子在黑暗裡有如塑像的剪影，也會吸引著我有時的側目觀視。她的優雅與冷淡，形塑出一種難言的美麗線條，以及她在黑暗裡總是靜止如長夜的固定姿態，讓我有想要把時光從此凍結、甚或還原到我們初相見那一刻的衝動。妻子的美麗是毋庸置疑的，她所以會嫁給我，應該是被我那時尚未被人間兌現與檢驗的才氣所誘引，於是不顧多數人的規勸與反對，毅然與我結婚共居。

那麼，現在我似乎終於可以拿來交代鋪陳的寫作成績，究竟對我們彼此兩人此刻的人生命運，是不是都已經顯得太遲了呢？還是，這一切根本就是一場笑話，我們都只是在這場不知名喜劇裡，莫名被派定的角色而已？是否我們都是在某位導演的安排下，賣力地演出給根本不知道究竟是誰的觀眾欣賞而已？

再回頭看去，這一切是不是完全虛無與無奈，有如一個失敗者的必然路徑，說真的，我到現在依舊弄不明白，也不想真的去理出頭緒。

但是，妻與我都十分清楚地知道，都知道我們已經搭上了分道而馳的列車，也注定要各自去尋找下一個停靠的月台了。是的，一切就是這樣的，一切就必然會是這樣的！至於，這幾天所以會一直來回縈繞的再次去想到妻，也許就是我們那早已經各自馳走開的分道列車，正好在某一個瞬間，又莫名地反向交身而過，就只是因此再次三十秒的交錯互望，就是這樣而已，就是這樣而已的。

不要想太多了，一切本來就只是這樣的吧！

20160810

這個夏天反常的炎熱，如果在未來的幾年內，出現什麼大旱災或是大洪水，我應該會覺得完全地自然而然，一點也不會覺得意外吧！唯一能和天氣燥熱可以相輝映的，是里約奧運的訊息不斷，這種被蓄意搧點的集體狂熱興奮感覺，經常夾帶著莫名的不祥預感，對我息息不停的撲襲而來。僅僅看那些強勢大國的揚威耀武登台領獎，而弱小國家則不得不在一旁陪襯應合，的確就是露目難堪的此刻世界現實，讓我渾身覺得不自在。

唯一的好消息，是我已經開始寫小說的第二段，原本要寫關於善良的主題，卻發覺自己會不斷的往邪惡的方向走過去。當然，可能必須透過對邪惡的思考，才能真正理解善良是什麼，但是我覺得自己不只是如此，我似乎完全地被邪惡的主題所迷惑，根本就是沉浸在對邪惡的思考裡，對於善良主題的原本呼喚，反而有些提不起勁的蓄意忽視。

這當然不是我書寫小說的本意與意圖，從一開始我就很清楚我真正想談的是美德，並不是用來相對應的邪惡。因此，邪惡與罪行只是陪襯的必要說明，絕對不應該是真正的核心。但是，美德可以沒有邪惡的相伴，而獨立存在這世界嗎？邪惡會是因為想要成就美德，所以才出現來的某種自我犧牲者嗎？關於這二者的關係，會不會是有如光亮與陰影的相互需要，本來就有其共生並存的必然因果的呢？

但是，我並不太想刻意去談邪惡，因為如果只是去刻畫出來惡的黯影跡痕，真的就有些太容易了，反而如果想要去書寫善良，或者去辨識出來善良究竟如何在現實裡的存有，就好像去捕捉穿射毛玻璃窗子的冬日光線，相對而言是多麼的不容易。我想也許最理想的狀態，就是讓善與惡的魂魄，共存於一個故事的靈魂骨架裡，然後沒有任何人可以去確知辨識這個靈魂究竟是善是惡，一切都是取決於靈魂在某一瞬間的自我決定，有如麋鹿在森林裡所抉擇的奔跑轉折路徑，那麼地輕快與容易，似乎沒有什麼道路是絕對與必然的，而且一切又顯得如此地合理與順暢。

也許，只有這樣既任意又必然的路徑關係，才能讓所有角色故事的鋪陳敘述，顯得無可辯駁的合理正當，有如一切都只是對某處不可見現實的真實鏡照結果，與對某人善意完整安排的自然呼應而已。

我忽然想起一週前在那個音樂會見到的陌生女子，除了能在音樂愛好上作出些許連結外，其實在容貌或氣息上，那女子與前妻都是非常不一樣的人。而且，我今天開始會一直想著這個女子的真實身分，會不會就是那個不斷寫信來的匿名女人呢？因為我與那位神秘的匿名女子間，一直有著這樣似乎隱性、卻不間斷的書寫與閱讀互動關係，因此建立起來某種奇異的內在連結。就是因為這樣，所以她才會這樣在音樂會上，以著只有熟識者才會具有的那種眼神看望著我？或許，她應該也一直肢體暗中隨行在我附近，只是我過往因為無從辨識、所以無法感知到這一切，反而以為兩人這樣實體互動的關係，是根本從來不存在的。

但是，也許正因為這樣的曖昧難測，使我們才得以維持著如今這樣既熟悉又陌生的奇妙關係。正就是我天真的個性，以為她根本只是存在於定時寄來信函裡的神秘女子，完全不願去面對與承認，她其實也是活在現實裡的一個真實女人，而且有可能隨時呼氣般出現在我身邊的事實。

唯一會令我遺憾的，是她的眼神裡所私下透露的渴切與寂寞，那是一種多麼讓我懼怕也愛戀的熟悉神情啊。而且，我知道今後我完全可以立即從人群中辨認出她的身影來，因為那樣含帶著哀怨與期盼的神色，絕對是可以很容易從人群的無數眼睛中識別出來的。沒錯，這位出現在陌生音樂會裡的神秘女子，應該就是那個長久來一直寫信給我的匿名女子。是的，她就是那個長久一直隱身的問號與影子，以及不知為了什麼原因，終於決定要從湖底浮露出來的一個幽魂以及神秘訊息。

我知道，這位神秘女子已經決定要逼近來面對我了！

20160817

寫完了小說的第二段，有些驚訝會如此的迅速。

原本以為這一段的情節，要作發展與收尾都不容易，一定要有足夠的篇幅，才可以處理得清楚。但我忽然決定以小小輕忽的具體現實，來對應龐大的非現實，也就是我放棄以同等量的事實，來回應飄飛自在的非現實內涵，就忽然覺得似乎豁然開朗地找到出口脫身而出。我還不知道這樣寫，究竟是好或不好，也許會讓讀者失卻可以跟隨路徑的焦慮危險。但是，能把這樣一段我原本覺得根本不容易收拾掉的開頭，用一個決然的姿態與簡短的事實，近乎不負責任的去處理完成，我目前其實覺得開心也滿意。

有時，我甚至覺得寫小說的過程，根本就和女人的懷孕生產一樣，都會歷經那神奇的受孕時刻，然後可能會病小孩、行動蹣跚等，最後則是有如慢動作電影的痛苦誕生分秒鏡頭。我在寫作時的痛苦，前妻都全然知曉，她甚至會對我說出：「如果真的生不出來，就不要再勉強自己了。」我驚訝的望著她說：「但是，我一定要完成這件事情的，你知道我是一定要完成的。」她就優雅近乎冷淡的說：「你知道有些人如果生不出來，也是會去領養的嗎？」

類同這樣的對話，經常會在前妻令人驚異、有如什麼神啟預言般的話語裡，就撲爍難明地匆匆結束去。如今想來，尤其會覺得什麼話語餘意、以及前妻某種難全的過往委屈，不斷地迴盪繚繞在腦海心頭。

晚上去西門町看一部試映的紀錄片，是關於一個遠嫁日本多年的台灣女人，終於回來台灣家鄉的故事。當初究竟要不要來看這電影，其實我也猶豫了好幾天。我有些害怕看這樣主題明晰強烈的電影，因為我很擔心電影所關心的，並不真的是這一個離鄉漂流的女人，反而這女人只是被當作拍這部電影的政治正確理由，電影自身另外有更宏大與嚇人的話語，要在隙縫中暗暗灌輸出來。

但是，我看完後卻意外的喜歡與感動。作為紀錄片主角的那個老邁台籍阿嬤，生來就是一名艱苦的養女，在長大為愛私奔之後，還與台籍丈夫一起偷渡到沖繩八重山去種鳳梨，並在丈夫中年突然死去後，一人顧養起幼小的七名子女，這樣的生活已經艱苦難受，卻還要面對作為台籍日本人的各種身分困難。

然而，阿嬤依舊一步一步的走過來，堅強、無怨且幽默的個性，令人從心底發出讚嘆！片子也間接交代阿嬤這樣一個平凡女人，在歷經日治、國民黨接收，與終於允許入籍日本人的身分轉換間，如何艱苦自我調適的辛酸點滴，更是道盡時代如何可以逼迫一個平凡者，必須一世無因受苦的真實過程。

這個年邁卻堅強的阿嬤，讓我感覺到那個時代所共有的艱苦與韌性。

本來想藉著去看電影的前後，特意多停留西門町一陣子，再看一看這個曾經一度繁華又沒落、如今似乎風姿又再起的地方。畢竟，西門町有著許多我與前妻共有的記憶，也是我許多成長記憶的發生處所。但是因為到達影院時已經遲了，沒時間先去走一下，並且後來發覺其實放映電影的地方，有些遠離西門町的核心範圍，電影結束後就直接回家了。

回程中不斷憶起往事，譬如在年輕那時，妻會陪我去中華商場的二樓衣裝店，訂製我的襯衫與喇叭褲，她一直無言沉默鼓勵著我對衣飾的愛戀著迷，反而自己不太特別講究穿著外表，甚至到了婚後依舊如此。然後，我們通常還會走去合吃一碗溫州餛飩、或是一籠小籠包，再一起往著越顯狹窄的小巷深處走去。妻對於那些在巷弄裡招攬客人的女子，有著特別強大的好奇心，她會去猜測那些女子的身世等故事情節。我則多半會把注意力放在一旁虎視眈眈的黑道小弟身上，他們用帶著彷彿不屑的冷漠神情，叼煙望看著過往路人的姿態，讓我曾經十分的著迷與嚮往，甚至自己面對著鏡子暗自做過模仿。

當然，現在的西門町又是完全不同，也可以說幾乎難與舊貌做出連結辨識，以前的叛逆與危險似乎已經褪去，替代出來的是一種與現實不相關聯的夢幻感。也可以說，我覺得如今反而是表露出一種對真正的現實，某種棄絕或不願信任的奇異姿態。這讓我有些驚訝與不安。也許這其實反映了現在年輕人的現實模樣。但是這樣輕浮與虛無的心靈狀態，依舊會令我有些驚心，尤其這些人決定把對於未來的憧憬想像，寄託在這些廉價的現實仿製品上面，似乎是在傳達著什麼時代的訊息。

真正困擾我的，是這樣的東西既不能算是現實，更不是那可以用來支撐現實的信仰本質，甚至連糖衣的假象都算不上。但是我這樣帶著抱怨的思維與邏輯，會不會只是我逐日被自己所養成的思想習慣使然？前妻如果現在還是和我一起，應該會以顯得冷靜與嘲諷的語氣勸說我，要我不要總是把現實的生活，與根本就不實際的批判理想，隨便地置放混雜一起。

她會說：「你不要老是批評別人什麼的不現實，或者說誰沒有什麼理想了，你才是我見過的最不現實的人，以及，真正在遭受著什麼理想惡夢困擾折磨的人了呢。」

是的，我一直都是一個不現實、也自困在所謂理想中的人。

我在前妻已然決心要分離我以後，曾經問過她當初為何會和我在一起，以及後來有動念想與我分手嗎？那麼，為何卻最後依舊一直延宕遲疑著呢？

前妻說：「我從與你成婚後，就不斷思考著如何與你分手的事實，所以阻止我的行動的原因，只是我對你過往那巨大創傷的憐惜。我覺得我有著不可避免的責任與使命，來伴隨你一起度過你未來人生的崎嶇挑戰。這確實就是我所以停留你身邊，一直無法遠離去的真正原因。」

前妻所說的巨大的創傷，是我到現在還不能明白的事情，無論我後來如何去追問，她都一直拒絕對此再做任何繼續的說明。

無論如何，今天我順利寫完了小說第二段篇章，也看了一部讓我覺得感動的電影，那個絕對堅強也無怨無悔的阿嬤，讓我感覺到內在力量的再次湧起，也讓我有著心滿意足的成就感，可以安然去睡覺了。

大家晚安！

20160820

今天去參加一個在書店裡的演講，人雖然不多，但是因為場地也不大，後面到抵的人，就只能靠在書架旁，反而有些顯得擁擠熱鬧的感覺。事實上，我對於參加這樣的活動，越來越沒有興趣，一方面已經不知道要講些什麼，若繼續引述別人的思想與觀點，則顯得乏味也沉悶，但也沒有興趣談自己的瑣事，此外自己的思想是什麼，卻又還不能具體形塑出來，就常常覺得很空泛無趣。

另外，對於必須不斷面對一個個群體的陌生聽眾，也越來越有著濃重的排斥。這種完全不想也不敢與群體面對面說話的心情，讓我回憶起小時候屢屢會因此而恐懼哭泣的經驗，母親那時就只是宣稱我是一個害羞的小孩，並且顯得很確信的對所有人說：「這種事情一點都並不稀奇的，他就只是怕生怕人而已，等到大了自然就會好，只要大了自然就會好的。」

剛開始成為一名專業作家的過程，確實因為現實的需求，會不斷自我要求去面對讀者，並積極參加各種公開場合的活動。或許，因為那時候的意志與目的，都相對的強大與必然，甚至有很長一段時間，我幾乎以為自己是很適合面對公眾做演講的那種人了呢。但是，現在卻忽然一切又都鬆弛下來，以前所具有的意志與目的，好像全都在逐日的渙散中，對於這樣活動的排斥感，隨著時間越加強大，幾乎又回到幼年那樣必須不斷的自我強迫，才能去完成整個面對眾人的狀態。

今天這樣的感覺特別清晰，有種不知道自己為何會身在這地方的內在排斥，但我儘量不要讓這種遲怠感顯露出來，想說儘快結束一切，然後回家去就好了。演講後簽了幾本書，也微笑地與幾個讀者合照，然後我忽然注意到在書架旁側，一個低頭在看書的女人，會不時把目光偷偷地瞄看過來。其實在演講的進行過程，我就注意到因為遲到低頭輕步走進來的這個女人，或許因為她一直略顯神經質的緊張肢體動作，不斷讓我意識到她在角落的存在。而且，某種她看望我的目光，就忽然讓我會再次想起來上週在音樂會所見到的女人，並不斷轉念想著她會不會就是那同一個女人嗎？不太可能的吧！難道她真的是有一直不斷跟隨著我，意圖參與到我所有的活動與行跡嗎？

甚至，更重要的是，我忽然轉念出來一個想法，她會不會同時也正就是不斷寫信給我的那位匿名女子呢？這想法讓我有些害怕起來，尤其已經有一陣子沒有收到那匿名女子的信件，想起來就更是讓我心生疑慮。

不知從哪裡得來的勇氣，我決定直接走向這個女人。她有些緊張地意識到我這個舉動，立刻更加埋首入她的閱讀姿態裡，意圖迴避我逼人的動作。當我立在她旁邊時，就直接對著她說：

「小姐你好，我有注意到你剛才是晚一些才進來，希望你不會因此覺得演講聽不懂或不完整。」

她就抬起頭來，有些慌張的說：「不會，當然不會。是我的錯，路上耽擱了，我遲到了，真的很對不起。」

又把頭低下去。

我就繼續問：「你在看的這本書是什麼啊？」

她把書封翻過來給我看，是一個我從來並不真喜歡作者的書。

我說：「這本你喜歡嗎？很好的一本書啊！」

她顯得害羞地點了點頭。

這時候某種直覺地，我幾乎完全確定她一定就是那個寫信給我的匿名者了，也立刻決定要直接了當地和她一起面對這件事情。

「你最近怎麼都沒有寫信給我了？」

她抬頭看著我，眼神有一絲恐懼與不明的感覺。然而她就只是繼續搖著頭，並沒有回答我的問話。

「雖然我從來沒有回過信給你，但我其實每一封信都有認真看過的。我完全理解你所表達說想要認識我，以及想和我更接近的心情。」我冷靜地說著。

她的頭埋得更深了，我甚至感覺她的身體微微在顫抖著。我就用一手輕搭上她的肩膀說：「你先不要緊張，放輕鬆點。你知道，如果有合適的地方與時間，我也是會願意和你見面的。」

這時工作人員來喚叫我，說還有一些書需要我去簽，我就對她說抱歉，然後轉頭走回前台去。等我全部寫好弄完，書店的人群已經差不多都散光，也見不到那個女人的蹤影。我慢慢走出書店，有些鬆弛與放空什麼的感覺，這時工作人員從後面叫住我，說有個女人在櫃台留了一封信給我。

我繼續走在無人的行道上，同時啟開沒有彌封的信來看，是顯得匆忙草率的幾行字：「謝謝你。還有，很抱歉我今天遲到了！我確實也願意與你見面。但我只有每週一的中午那段時間可以見面，會面的地點請你來決定。千萬不要打電話給我，確認後請用簡訊傳給我就好了。」

底下留了一個手機的號碼。

我那時立在顯得黯淡的書店外，看著空無一人的長巷，忽然覺得人生真的是十分詭異難料。我不知道明天再來會發生什麼，我也不想去多做臆測，只是覺得自己此刻的身心，都已經極度的疲乏與脆弱，像是一個在征途敗戰後、亟想歸返家園的老兵一樣。

所以，我雖然現在馬上就要去睡了，但是回想今天這一切的過程，還是覺得完全的不可思議。她是一個顯得多麼神秘也難以理解的女人啊？她為什麼會這樣持續與堅定的想要跟隨著我，這不可能只是因為愛，那麼究竟真正的原因是什麼呢？還有，我真的也會想要與她就這樣彼此相約見面嗎？她並不能算是真正美麗或是性感的女人，當然也絕對不是長得並不美麗什麼的那種女人。但是，我想她真正會吸引我的，應該就是這樣一直持續的毅力與決心，以及後面在督促著她的什麼神秘力量吧！

如果我真的留訊息約她，她會真的出現來嗎？

20160826

如何訂定小說的下一部分主題，讓我遲疑思考了一陣子。

原本想繼續延續下去前面的節奏與思路，並選擇好就以「寬恕」作為主軸來書寫。但是，同時隱隱覺得必須岔離開一下，免得讓書寫與閱讀的節奏，都顯得太緊迫逼人。因為，即令覺得抽象的思考很重要，也還是一定要能與現實的肌理相互做穿插，而且這二者間的比重拿捏，其實真的不容易做判斷捕捉，只要出錯就可能失敗。如何讓這樣虛實的兩個世界，能夠自在無覺地相互穿梭，應當正是我現在面臨的挑戰所在吧！

而且，我究竟想要寬恕什麼？或是，想得到誰人或我對自己的什麼寬恕嗎？

後來，決定用「眼淚」做為書寫軸線，自己也感覺忽然鬆了口氣，好像因此避開一場什麼艱辛戰鬥的感覺。這種滋味有些類同那些千年前文人畫裡的隱者，那樣一人攜琴離家入到空谷深林，終於在獨自徘徊多時日後，再次返回見到村落各家炊煙依舊冉冉升起，完全沒有因為自己的缺席不在，因而有一刻停息中止，就是那種彷彿夾雜著悵然、欣喜與安慰的複雜心情吧！

所以會寫「眼淚」這個題目，應該是想讓小說可以有著出遊的心情，讓意志因此暫時得以鬆弛下來，讓記憶與遐思有機會自由奔馳，也可以藉此回首與身後跟隨的影子說說話，甚至讓自己有機會在茫茫人海裡，巧遇見自己遊蕩多年迷途身軀的機會。

但是，其實也可以說，除了「眼淚」這樣的私己記憶之外，我已經沒有任何剩餘的東西，可以拿來作為獻祭品給你了。

會繼續讀一些與基督教神學相關的書籍，但我並不是所謂的基督徒，也完全沒有想進去哪間教會的意願。所以會有這樣做的習慣，最早當然是與前妻的信仰有關，她某段時期離奇地沉迷於教會活動，這也經常成為當時兩人爭吵的原因。但是，在她離婚遷走後，書架上並沒帶走、或者是蓄意留置下來的幾本神學書，會居然發現自己開始莫名地去翻閱，甚至在其中找到某種興致勃勃的閱讀趣味。

日後，自己不覺也會上網去買一些相關的書籍，似乎想找到什麼思索的路徑，以及可以相互對話的激盪力量。但是，有時也不免要擔心，會不會就是因為自己這樣的孤僻獨居模式，因而使自己閱讀及思想的習性癖好，越來越與其他人不同，像是一個日日不斷在作繭自縛、卻又沒有自知的什麼怪蟲，終於會逐漸變成一個連自己都不認識的奇異東西了呢？

也許，就是我自身的孤僻習性癖好，才會選擇這些奇怪口味的東西，讓自己終於與這個世界斷離開所有的連結。或者，根本我本來就有這樣的脾性，是此刻的客觀環境與現實，讓這樣的脾性得以滋長萌芽吧！

但是，在這些書籍裡面，讓我最是喜歡的，自然是那其中所隱約夾帶的聖性與犧牲氣質。譬如那個被稱為神秘主義者、匆匆地年輕就病死的薇依，就是因為她那獨特也偏執的信仰與思想，驅使了她自尋的終於死亡，這段曲折的真實故事，尤其一直吸引著我的強烈注意與喜愛。她的姪女在近乎一個世紀後，雖然也為她寫了記錄一生的評傳，但是卻沒有那麼讓我喜歡。我想主要是因為她並不是真正懂得薇依，或是說她還沒有真正愛著薇依，因此一直想用邏輯與世俗的理性軌跡，來解讀薇依當年所有言行的是否合理與正當。

這樣對她捕捉的方式，有如拿著一把尺，想丈量黎明的陽光或黃昏的長影，這當然是徒勞也愚蠢的舉動。而且，最是讓我覺得嚴重的，是即令她身為薇依的姪女，卻從來沒有真正尊敬過薇依這個人，也不想去理解她為何會如此存在人間，以及她如何透過短暫的生命存在，卻能留給我們的究竟是什麼。

像薇依這樣的人，是絕對不能只用理性這個單一視角，來做觀看與理解的。我們只能全然的愛她，完全用直覺去愛她，而不是解析與審斷她，才有可能進入到她心靈的狀態。但是，我其實也沒有辦法清楚地說明薇依的來龍去脈，以及她所以會吸引我的真正原因。
因此，不如就抄一小段她寫的文字，讓大家來一起讀讀吧！順便向大家說聲晚安了。

他人的不幸，已融化在我的靈肉中，沒有任何東西能使我與這種不幸分開。因為我確實已忘卻自己的過去，我也不期待任何未來，我難以想像有可能從這種疲勞中倖存下來。

我現在忽然再次想到那個書店裡的神秘女子，但是我為何會從薇依這樣一個幾乎沒有性別的一個聖潔者，突然轉念到這樣似乎會讓我有著肉體與性愛企想的某個不知名女子呢？這樣顯得邪惡與低俗的聯想，讓我有些害怕與羞愧的感覺，這算是一種對愛情的褻瀆嗎？或者，這樣將聖潔與肉身一起來作聯想，原本就是正常的呢？

那麼，我應該留訊息約她出來相見嗎？

如果我約她，她真的會如約出現來嗎？

20160905

今天中午我再次和那個神秘的女人見面了。我所以會說再次，是因為在上個星期一的中午，我就已經和她見過一次面了，而為何會稱呼她是神秘女子，則是因為她完全拒絕透露她真實的名字，以及所有關於她私己的一切訊息。

我試探地對她暗示著，我其實知道她就是不斷寫信給我的那個女子，我甚至對她道歉說自己所以沒有回信，絕對不是對她的任何蔑視，而是出版社出於善意的告誡結果。她望著我好像完全不知道我在說些什麼，但也沒有做出任何的解釋或抱怨，只是用一種奇怪的眼神望著我。

對我而言，這眼神幾乎就是她的姓名了。她出奇的沉默與寡言，讓我只能以觀視她眼神的動靜，來做出她心意如何的判斷。即令是在我們全時的做愛過程，她也都像是以著內在的堅定意志，忍住什麼言說的意圖，讓自己幾乎完全不發出任何的聲音來。

這樣的態度初始驚嚇了我，讓我一度懷疑她是否是在委屈自己的什麼，還是只是為了迎合與滿足我明顯蓬發難抑的慾念呢？但是，如果仔細回想兩人的肢體互動過程，又似乎並不是這樣的。她的身體雖然細軟、卻富有豐饒的節奏，每每能適切與我這般顯得急切魯莽的碰撞動作，做出委婉也幽長的回應。

簡單的說，我不覺得她有在忍受什麼委屈，反而我感覺到她其實完全自在地享受著我們這樣的合歡過程。她抿著嘴不讓自己發出什麼語音，但偶爾還是會從她的唇間，併發出來那突兀有如抽促般的喉聲，讓我們都覺得驚嚇與興奮難安。她的面孔此時會潮紅潤汗，頭髮攤散在白色的床單上，眼睛微微泛淚的望著我，好像我們從來一直等待著的，就是這樣神聖的時刻。

我們的做愛過程，美妙卻也簡單直接。就從上週一初次我在她指定的街角，接到戴墨鏡的她上車，並直接駛入我熟悉的那間賓館，到這第二次同樣的歷程，全部頭尾我們幾乎都沒有什麼對語。不管我說什麼或問什麼，她只是望著我點頭表示同意，或者就是靜默沒有作答，有時並且會抿嘴微微笑著，似乎鼓勵我逕行下去我所有圖謀與願望。

她唯一堅持的只是必須拉上窗簾，並且熄去所有的燈火。但在我略顯猶豫的神情下，她就留下了床頭小几的座燈，並親自披上去她方才解下來的藕色襯衣，讓屋子瀰漫著一種幽暗、卻也十足浪漫的情調。

我必須承認我深深地著迷於與這位陌生女子的做愛過程，譬如到了現在午夜已過的時分，我依舊可以回敘般地思想著我們間過程的一舉一動，好像觀看一部熟悉的甜蜜老電影那樣，一遍又一遍的咀嚼著每一個細節動作，讓自己全然沉浸在這樣美味的記憶裡。或許，因為她所具有的迷人奇異冷漠，讓所有真實發生過的事情，似乎都可以忽然了無痕跡，甚至懷疑會不會只是自己憑空的想像。譬如就是在現在這一刻，我其實只能憑靠著這樣的書寫與敘述，再次來確認這一切的真實曾經發生，有如在過於美好的夢境裡，只能自己用力的咬噬嘴唇或是手指頭，必須藉由真實流血的跡痕與苦痛，才可以分別出來自己究竟身在夢境或是現實的哪一方。

確實地，我有些訝異自己竟然會如此著迷於與她這樣的匆匆做愛過程，而且這幾乎是從我上週第一次與她入到房裡，一開始相互交捲纏綿，就立即能確知的甜蜜感受。我也想過這原因究竟會是為何呢？是她真的是天生魅力難掩的女子？或者，是因為我的愛情與性生活已經荒旱許久，我太渴切期待這樣甘霖般的肢體交合呢？還是，有可能我已經在不知不覺間，被她所深深吸引，甚至某個程度上，我也暗暗地愛上了她嗎？

但是，這個念頭也太荒謬了，這是絕對不可能的。像這樣子癡迷鍾情於我的女性粉絲，我又不是頭一次碰到，我也交際來往過其中的一些人，我很清楚除了肉體的關係，是不可能發展出真實的愛情。因為她們這樣的人，在腦中想像中的那個對象，其實根本就不是我，我也永遠無法承擔起那個被想像的角色。

他們所愛戀的那個人，遠遠要比真實中的我，絕對要美好與完整太多，根本不會是這麼平凡簡單的我。而且，現在我必須承認當時我所以會允許這些莫名的肉體關係陸續發生來，其實潛意識裡應是對於前妻的某種報復吧！至於我究竟是想要報復什麼，說真的也不是真的明白，也許是在報復前妻這樣一直對自己做出的無因犧牲，讓我在不覺間就成為一個被施予愛的接受者，以及忽然間理解自身已經成了無從回報的一名負罪者，因此必須對犧牲者永遠懷抱著某種虧欠的感覺。而這樣的負罪感覺，其實會蝕骨削肉地折磨著人。或者，我是想報復前妻離開我之後，依舊能夠幸福順遂的人生？所以會生出這樣的念頭，確實顯得幼稚可笑，但她能夠這樣繼續真切幸福生活的逼人事實，以及我永遠虧欠著她什麼的想法，都讓我的確不時會覺得自己有如蟲蠅的不堪。

或者，我只是在回應自己那內在黑洞般、永遠難於填滿的不快樂與不滿足？我只是需要一個可以接話聆聽的對語者，一個會把我所有拋擲出去的球體，不斷用力反彈回來的白牆，一個可以讓我覺得自己還真實存活的什麼物件證明吧？

老實說，我真的不知道答案是什麼。

但是，我絕對不是什麼騙子，我也無心去欺騙任何人，我就是被某個神秘的巨大者，選擇去投射在地上的影子，一切看似的美好，都歸屬那個隱身的巨大者，而不是會與她們興奮做愛的我。但是，她們也確實完全需要我，不管是精神上的迷戀，或是肉體上的緊密交接，她們都需要我的現身與存在。因為巨大者的光芒刺目難見，唯一真實還可以依稀辨識的，就是那一小片永遠無法起身、只能貼伏在礫石的地面，一直不斷移動難定的影子啊。

可是，影子終歸只能是影子，應當是無從愛戀、也無可做愛的。那麼真正在做愛得歡的人，究竟又是誰呢？

這一切我都早已熟悉，也完全知道分寸的拿捏何在，並不會自亂陣腳什麼。

但是，這個女人似乎並不一樣，她比所有以前的那些女人，都顯得乾脆與直接，也絲毫沒有那種慣常會顯露表白的纏綿難捨姿態，甚至隱隱還像是對我宣示著，如果我妄想要讓此刻的幸福定格，會是多麼荒謬與可笑的念頭。譬如她離去時的鎮定與沉靜，幾乎讓我錯以為這是個我剛付錢交易完性愛女子的無情離去，完全沒有什麼溫暖回顧與親暱氣息，彷彿全然忘記了我們方才猶然難解的廝殺肉體，以及淋漓嘆氣的美妙時光。

而最是讓我詫異地，是今天我特意帶去一本我簽名的絕版書，想博得她意外的歡心。她以一貫含蓄的笑意，拿過去這本書，只稍稍翻閱了幾頁，就將這本書擱放在床頭的小几上。我那時料想這本書的出現，當然不是我們聚首來這間賓館的目的，所以完全不以為意，並與她開始我們本想的解衣交纏。但是到了離去時，我注意到她完全忘記了這本書的存在，只是以顯得有些急切與準確的心意，暗示要我儘快將她送返回原初接引她的地點。我沒有驚動她任何的聲色，就只把書本暗暗重新放回我的袋子，並且一直到她下車前，都沒有再提起關於這本書的任何事情。

她顯然並不在乎我送給她的這本書，那她為何要持續地給我寫信示愛，以及答應與我發生這樣顯得不負責任的性愛邀約呢？她到底在想像著什麼？難道我這一本希罕的絕版書與寫作的才華，不就是她愛情所以會萌發的初衷嗎？或者，她其實還會想要得到別的什麼呢？那麼，我要這樣繼續再次約她見面嗎？我自己到底又想要在這其中，得到什麼意外的神秘禮物呢？

也許，我們兩人根本都還不知道自己各自的期望，究竟到底是為何吧？但是，關於我們似乎正深深依戀、對某種未明事物的期望，其實可能與所謂單一或絕對，以及不可被他者他物所替代有關。我們可能都隱約不覺地，希望對方就是我們所一直在尋覓的那個唯一的絕對者，或是不可替代的命運必然者。然而，我們其實又知道關於「絕對」這樣的事物，是無法真正存在這個人間的，這只是一種抽象的理性概念，人間並沒有這樣的現實對照東西。

甚至，我們可能更是害怕也不敢面對的，是發現對方正就是那個所謂的真正

「絕對」者，就是不可躲避也難堪的真正事實。這猶如發覺月亮居然並沒有自己的光芒，而一直只是太陽的反射體，這樣恐怖也難忍的真相吧！

是否，因此便注定我們的各自期望，終將難於達成呢？我想也許我和她兩人，目前都還處在猶然未明的事件狀態裡，我們只是繼續被這個事件的機緣牽引行事，還無力去回視這一切因果的來龍去脈。但是，這樣的未明因此顯得特別的美好，因為那可能會是尚未開啟來的壯闊承諾，也可能是我們的記憶深處，曾經被認知的某種美麗風景的再現。

在這同時，我也清楚感覺到自己對她已然萌芽的某種迷戀。這樣的迷戀滋味，確實是一種新鮮也芬芳的氣息，讓我有些忽然不知所措。我與前妻的愛戀過程裡，從來不曾有過這同樣的感覺，甚至我私下來往過的一些粉絲，也都不曾給予過我這同樣帶著些許焦躁與狂熱的感受。

我有如逐步邁進入著魔狀態的人，在自己身上燃燒起什麼仿若神聖的火焰，一步步走向那個不知究竟是天使或魔鬼的你。我也聽說過那凡是已經著魔的人，只要能夠大步跨向前一丈尺，就有可能成為魔鬼的主人。然而，對此我並無絲毫興趣也不覺懼怕，我完全不懼怕魔鬼，也無意成為任何事物與靈魂的主人。因為，我依舊寧可相信你的存在，才是一切事物的核心，你也永遠會是日夜流淌不停歇的那一道清泉小溪，因此你必將以你的單純與溫柔，無止盡地包納我一切的污穢與惡意。

因此，我多麼希望能夠失去自身的存有、以及自以為懷抱的所有聖潔，淪落成一個真正一無所有的人。也許唯有如此，於是我們才能擁有被你我相互棄絕的彼此，真正結合成命運裡的合一體。但是，這樣顯得離奇難解的企想，可能就是依舊扣連著我們的原因，因為我一直希望你就是那個誠實無欺的明鏡，讓我可以透過你的肉身，看見一直隱身在鏡後的我究竟是誰。

我究竟該不該此刻離開你呢？我覺得自己像是那個永遠在等待、也因此永遠預備要重新啟程的人。也許我們就是注定只能在這樣的黑暗中，才能夠放心無慮的認識彼此，因此必不至於類同他人般，總是在日光下審判彼此攤露出來的生命一切，而得以獨獨確切與單純的愛著彼此，並且覺得全然的平靜與安心。

我完全不敢稱呼存在於我們間的關係，是叫做愛情，它頂多就是一個我猶然不敢去喚醒、只能單手攜帶著的那顆有如微笑夢境的氣球。我雖然依舊對於目前這一切都猶豫擔憂，但關於我自己的所作所為，我必不至於會有悔恨與任何蓄意的負面記憶。我覺得這一切事情的發生，都是自然而然的結果，無人可以作稱頌或者提出控訴。而且，未來當我每一次重新敘述這件事情，一定可以透過簡單的話語，立即就讓你我再度重返到那曾經的美好時刻與空間，並且一如初次蒞臨時那般的彼此感動落淚。

就算我已經意識到此刻的生命，即將陷入一場無可理解的紛爭裡，甚至還有什麼難以接受的判決，即將雷電般穿過雲霧到臨，我也願意在這樣被命運安排的軌跡裡，挺身出來承擔與面對這一切。我有時會自我想像著，或許終於會有什麼遠方的先知，突然就在我眼前出現來，並從身外對我講述一些沉重與掙扎的話語，然後再轉身自行離去，像夢裡那些難辨真假陌生人物的出現與消失，以及伴隨著他們的所有難以理解的行徑一般。

是的，先知的出現與解惑是必需的，尤其對於像我這樣一個已然迷路的人。而且，我從來沒有如此渴望先知的出現到來，因為我極需要進入身心清醒的狀態，以及期待那可以讓我去做聆聽與凝視的夢境顯現。

我覺得好像忽然過起像是沒有土地可依附的生活，因此強烈預感到生命必將的變動與不安。有時，我覺得你就是那個在否定與檢驗我的力量，突然逆轉了我生命原本的去向與意義，有如那不可預料的山洪或海嘯，在一瞬間就對我襲來。

但是，我所以會這樣說，並沒有任何對你的否定與迴避，因為我根本無力去對你做出審判，正如鬼魂本來就與人的迷失墮落並無關係，也無從因此對世間的混沌發出任何評語。

而且，清白從來就只是罪行的一道陰影，聖潔者也因此必須自欺欺人的過著日子，有如履行尚未完結的監刑一般啊！

我此刻一片徬徨難安，只能繼續懷抱著對愛的期待，專注地平靜沉思，奴隸般順服地認命行事，期望我們兩人得以真正相遇，並因此與命運完全合一。

因為，我必須堅信不管未來發生什麼，宇宙必將永遠滿盈豐盛。

20160911

昨天下了驚人的大雨，雖然打著傘，還是半個身子都淋濕去。

依舊會反覆想著是否要再約她見面的事情。但是，我想還是應該要停止一下這樣的衝動念頭，直覺上有些奇怪的不安籠罩，雖然說不出來究竟哪裡有問題，但是就是覺得什麼地方出差錯了，一定得暫停一下。

我越來越相信自己直覺的訊息，也越來越不想去迎合別人的期待。譬如就連親友的婚喪禮儀的活動，我都幾乎會找理由不出席，因為在這樣的場合裡，我會覺得非常的不自在，好像被套著一件完全不合身的衣服，或者像是忽然忘記團體早操動作的小孩，舉手投足都覺得彆扭慌亂。

我不知道別人有感覺到我這樣逐日的變異嗎？他們私底下究竟是怎麼看待

我的呢？寫作幾乎成了一個包藏自己怪異行為的擋箭牌了，讓我及他人都有藉口原諒與寬容自己所有不合時宜的行徑。因為我總是像在無意識間的告訴著他人，也經常自以為如此的反覆表示說，藉著所謂的寫作工作，我事實上正在挖掘自我黑暗隧道的生命出口，其實是在進行一個陰暗也孤獨的艱辛個人工程，因此我的一切不合時宜，絕對是必要也正當的。

但是，我會不會其實是在自欺欺人呢？我寫作的真正目的與核心信仰是什麼？我埋首書寫時的對話者又是誰呢？我真的可以不去理會那些我不想對話的人嗎？我可以讓自己成為一個真正聾啞般、在洪荒天地裡僅餘的那名孤僻寫作者嗎？

還有，我自己究竟是誰呢？

就譬如今天早上起床時，照舊去廚房煮咖啡，我的頭腦覺得昏沉沒有醒來，就在我要按下咖啡機啟動鍵的時候，我注意到我竟然把咖啡粉倒入放水的地方。

看著自己這樣愚蠢作為的那一瞬間，我忽然有著預見人生必將全盤崩潰的驚恐，我好像終於意識到自己的無能為力與微不足道，連應付最簡單的日常現實，都要顯得如此笨拙，我想我終將無可迴避要去面對那個真實的自我了。

那種強烈的恐懼感覺，讓我立在原地完全無法動彈，我下意識看了一下四周，好像害怕我其實正在什麼表演台上，正被所有人的眼睛盯視著，並且一起竊竊地私下嘲笑著正被鎂光燈打照出來、完全無處可以躲藏的我。

然後，我發覺我正觀望著舞台上的自己，看見我的右手臂停駐懸在半空中，十分僵硬卻持續發出微微抖動的奇異徵狀，我只能伸出有如旁觀者解救的左手，去安撫並攬回來像是忽然失途的右手，儘量讓自己看起來像是平日早晨一樣若無其事而且優雅自在。我再次意識到自己身處的極度孤單與無助，於是先是想到了曾經與我共同生活多年的前妻，然後就想到了不知此刻人在哪裡的你。

是的，只要認真地去想到你，就能讓我覺得心安而且篤定。

昨天的那一場暴雨，很像夏天該有的淋漓的風格，但是今天我就感覺到秋天的氣息了。這讓我忽然想著，我如果下次再約她見面時，是不是應該買一件搭配秋天的衣飾配件，來當作禮物送她呢？如果我送她小禮物，她會歡喜接受嗎？

我究竟有多久沒有為別人買過禮物了呢？甚至，連專心想念著一個人的感覺，也已經遙遠到淡忘了。我為什麼會變成這樣的一個顯得冰冷也無情的人呢？難道就只是因為想成為一個作家，就足以讓我犧牲與放棄這許多該有的人生現實嗎？前妻就曾說我是一個無所愛的人，那時我覺得這只是她用來攻擊我的話語，當然完全不是事實，但是我現在重新想起來，卻越發驚嚇地明白有可能我即是如此。正就是自己的無情與無感，才會讓前妻決定永遠離開自己，去重啟她自己的人生新篇章。

秋天畢竟就要來了，日子會越來越短，暗夜則會越加的漫長無邊。我究竟還應該和她見面嗎？她手指上晶瑩閃爍的戒指，明確告訴我她是已婚女人的事實，每次在做愛前，她總會小心解下來戒指，置放床邊的小几上，激情廝磨一結束，她就會立即把戒指戴回去。所以，她才會什麼也不願意告訴我，因為要進入別人的生命故事，就必須要有願意承受這一切現實的準備。對她而言，我們會這樣的聚首做愛，可能就是像一起喝一次下午茶，那樣的單純平常，是一種互相都需要的交換與安慰，也只是一種共同打發時光的辦法吧！

可是，我為什麼會這樣感覺到痛苦與憂患，並且無時不刻總是惶惶不安呢？這真的是我對她的思念所導致的嗎？是我對於愛情的渴望與不可得的嘶喊嗎？還是，根本和她沒有絲毫的關係，更只是我長期透過小說的書寫，原本想要藉此來提出什麼生命的解答，以使人們能夠滿足獲得幸福與免除痛苦的願望，卻不僅最終從來就沒有達成這妄想，甚至反而逆向而行的撲襲向自己，才有這樣淪落般苦痛的感受了呢？

我一直以為小說書寫是我的解藥，卻有可能是正緩慢毒害著我的汁液。這就如同我覺得她總是顯得冷淡也疏遠，但是她會不會覺得我根本就有如一具木乃伊，是一個行屍走肉般的骷髏假人呢？

我應該和她再見面嗎？
她也會這樣想著關於我的一切事情嗎？

20160921

過了一個平淡的中秋節，在四天的連續假期裡，還夾著兩個連續襲來的颱風，讓我幾次出門都淋得狼狽不堪。這樣子述說我的假期過得平淡，並不是抱怨日子無聊的意思，反而是應酬聚餐依舊有些太多，整個人的節奏都紊亂了，身心狀態因此非常不好，根本無法專注的寫作。

我想如果要形容整個的感覺，應該是混亂與空洞，以及終於浮現出來的寂寞吧！我其實一直都是一個寂寞的人，甚至在與前妻猶然還在婚姻關係裡的時候，就早已經是這樣子的了。只是我一直否認這個事實，也用各樣外在的成績表現，來說服自己說其實我是個幸福與快樂的人。

我想應該就是這個神秘女子的突然出現，迅速就戳穿我這個紙紮的自欺假象。

譬如就在前一週的上一個颱風夜裡，當強風砰砰撞擊著我的窗玻璃時，我發覺我竟然擔心起她此刻是否一切無恙，而非我自身以及這個屋子的安全。我甚至想著要是她可以和我同在這屋子裡，一起攜手相互依靠取暖，共同度過這個風雨交夾的夜晚，應該會是多麼美好而寬慰的一件事啊！

但是，這卻是多麼令人不可思議的事情呢！我對這個神秘女子依舊一無所知，卻竟然會有著這樣思念的念頭出現來。我相信這已然不是對於肉體性愛的眷戀，而更是還有著什麼其他的原因，讓我因此迴繞出來這樣的關心，以及彷如持續在燃燒著的思念。這確實是很不可思議的，難道這都是我的自我欺騙嗎？我只是想用她來填補我一直空虛的匱乏感覺嗎？或者，她真的就是那個被天使所遣派來、真正擁有解開我心靈密碼的神奇者，是命定要來解救我此刻狀態，將我從陷入的困局帶引出來的那位天使嗎？

在中秋夜即將結束那夜，即要臨睡的時刻，我決定給她發送一個簡訊，先是祝福她中秋節快樂，並問候她是否有遭到颱風的侵襲干擾，以及自己與家人一切都平安無事吧？然後，我敘述對於前兩次與她會面的感想，描述我所真實感受到的欣喜與快樂，慶幸能夠有著這樣的緣分，得以與她如此相遇。最後，則是禮貌謙遜的再次問她，是否願意在這個颱風過去後，也就是下週一的同樣時間，再次讓我開車過來接她見面？

我發出訊息後十分忐忑，夜裡幾乎無法入眠，一直揣想著她收到這個訊息，究竟會怎樣反應思量。她會像我一樣因此興奮難安嗎？還是完全沒有任何感覺，一如她見我面時的表情樣貌？甚至，會不會覺得我已是她生命與家庭的干擾者，希望我的遠離與消失呢？

然而，今天已經是週三了，已經將近過去一個禮拜，我完全沒有收到任何的回覆，一點點回應的訊息都沒有，好像忽然一切都消失去那樣。這當然讓我極端驚恐焦躁，我想是不是我太具目的性的急切態度，反而因此嚇到了她，讓她覺得我只是一個急於情慾發洩的孤獨中年男子呢？我是不是應該再次重傳一個訊息給她，告訴她下次見面時，也許我們去找個海邊的咖啡館聊天，或者就只是安靜地各自坐著看書，什麼事情也不用做，就一起度過一個下午呢？

我也想著不如乾脆給她直接打個電話，把我現在心裡面正在想的這些事情，都完整地對她表白說明清楚。但是，我卻什麼都沒有去做，連拿起電話的勇氣與力道都沒有。我發覺自己其實是有著某種深深的懼怕，好像懼怕她發出什麼不可預測的反應，害怕會因此惹她煩怒與反感，害怕她會從此對我有著不好的印象，並且就忽然的消失遠去。

也許，就再耐心地等待一下，不要再去自己亂設想與猜測什麼。她或許只是想從原本已經美滿的人生，偷偷地溜出來探看一下，像是郊遊或看場電影那樣的心情，並沒有像我這樣去認真思考這樣的許多問題，以及還設想了這許多奇怪的答案。她根本並沒有想要逃離什麼、或者意圖尋求什麼，就只是好奇地岔路出來探視一下人生而已，因為她畢竟還是要回去她原本自己的軌道。

但是，就算這樣其實也無妨，我也可以就自己開車去海邊走一走，假想自己正在預習以後要與她同來共遊的路徑，先做好事前的瞭解與安排，也化解我此刻彷如被套牢與困住的思緒。在理想的安排裡，我可以開車帶她穿過我家附近一條隱密的山路，在山頂有間咖啡店可以先停留，並能從那裡眺看整個城市的風景，與遠處綿密連結的山脈，這樣的遼闊與舒適感覺，也是讓這家咖啡店一直吸引著絡繹不絕訪客的緣故。然後，繼續翻過去山路，從另一頭下山到海岸公路，那裡是有著許多岩塊礁石的蜿蜒海邊，冬天的海風非常寒冷逼人，但是現在應該還是溫暖宜人，而且有著時令當季的螃蟹上市，我們可以在那個漁港的小鎮吃晚飯，再慢慢沿著海邊的公路，繞過整個海岸回返來。

雖然我已經很久沒有開車走入這條山海相接的路線，但我其實一直喜歡整個路段的寂靜與孤獨感覺。像這樣山路的窄小與曲折難行，幾次引我誤走進入岔路，甚至讓我覺得驚慌緊張，但是即令是這樣，再加上海岸所顯露的嶙峋艱困，也都不會阻擋我前行的興致與意願，而且總是可以讓我時時徬徨的心神，在這樣一人疾駛的過程裡，得到難言的平靜抒解。

我想我應該要帶她走一趟這條山路，只是我不知道她這樣的人，是不是也會喜歡這樣的景色與路途呢？她會理解這一條山路與海邊，對我需求的內在平靜，所具有的意義嗎？

不過，我還是必須要提醒自己維持住清晰的理性，以及明白完成我小說書寫的必要，不要過度耽溺在此刻的情緒起伏。尤其要小心的，是我會不會已經不覺陷入一廂情願的自欺欺人狀態，就以著自己的片面感受與零星事實，來判斷整件事情過程中，依舊隱在簾幕後的彼此兩人狀態。以及，完全過度地覺得自己可能具有的必然優勢，輕忽對方的存在與力量，也因此沒有去設想或者明白，我其實可能才將會是那個最終的落敗者，因為她也許根本一點都不在乎我，也從來沒有認真看待過這件事情的結果如何。

甚至，這根本也只是她一個臨時起意的無心行徑而已，就好像現在回想起來與妻的性愛過程，與早先時熱烈難抑的衝動魯莽相比，後來的冷卻疏遠與淡然，一度讓自己幾乎覺得兩人間那反覆的性愛動作，就只是彼此在對方身上意圖銘刻下的刺青圖騰，是用來作為擁有對方的一種證據，如此而已如此而已。

是的，她是否也發覺與我做愛的結果，就是什麼也不會真正出現來的徒然，像是無花果樹即令美麗、也無可逃避的虛無必然？我只是一個喬裝的騙局，也是所有人早晚都要厭倦與棄絕的一個假象而已。

最近一到夜裡，溫度忽然就會降下來，我因此常在半夜醒來，感覺到肢體的寒意侵襲，並且幾乎已經能預感到冬天來臨的不悅景況。我從來沒有喜歡過冬天，但是我也知道那種溼寒透骨、以及被黑暗籠罩的感覺，無論如何是無法躲得掉的。我在猶然年輕時，會以著鬥爭者的堅定意志，告訴自己說只要能勇敢去面對這種季節的境實寒意不快，時間久了一定可以習慣或克服的。

但是，現在我已經不再願意去相信這樣的事情，我知道我永遠不會習慣冬天，我也永遠不會喜歡冬天。而且我發覺光是認知到這個，以及，願意接受這樣彷彿不可違逆的負面現實，不但沒有讓我覺得任何的不愉快，反而因此更有忽然鬆了一口氣的感覺呢！

20160927

才過了不到一週，卻覺得好像經歷了地老天荒的漫長時間。

應該就是因為她依舊完全沒有回覆我的訊息，又錯過了一個我們本可以相約見面的星期一，因此時間才如此漫長難耐。也許，她並無意如此疏遠我，她只是忽然被什麼事情纏身，也或許她與家人出國度假去了，也許她的手機忽然掉了，也許她也還在考慮何時見面比較好？

但是，究竟是為了什麼，我忽然會從一個害怕被陌生人糾纏上的人，變成了一個急切想要攀附到什麼未知他者身上的慌亂者呢？還有，那些最早收到神秘者的心儀嚮往信件，難道真的會就是和這些已讀不回的訊息，根本就是源自於真實的同一個人嗎？還有，我真的沒有隨意去混亂這樣根本不同的兩件事情嗎？難道這真的就是同樣的一件事情嗎？那麼，這一切來回反覆並顯得懸疑難測的狀態，究竟是為了什麼會如此複雜，或者是有誰在試圖對我說明什麼神秘話語嗎？

我這樣離奇突發的焦慮，究竟是因為對這位神秘女子的真實思念嗎？還是，只是我每次寫作過程裡，必然會出現的焦躁不安徵兆？或者，其實那就是我本來該有的真正個性面貌，只是一直被我不覺間按壓下去了而已呢？

我已經開始對於她的形貌姿樣，有些記憶模糊的感覺。前兩天，我甚至差點衝動想去問一個剛走出便利商店的女子，是不是你就是我一直在想念的那人呢？我應該會越來越無法記得與確認她真正的模樣為何，也非常可能還會繼續誤以為擦身而過的他人就是她。那麼，這一切究竟代表了什麼？如果連最讓我心思難定的人，究竟的真實模樣如何，都不能自我確定，那麼這樣我所謂的思念與記憶，不就是顯得極為可笑與可悲，最終甚至只像是一場自我欺騙的遊戲了嗎？

我並不想讓自己陷入這樣似乎無止盡的囈語與猜測狀態，我完全不需要成為這樣失措的人，世界上還有太多更重要的事情，等著要我去解決處理。我一定要維持好我的理性與冷靜，只有這樣可控制的意志與力量，才能對抗這些繚繞來的枝節瑣事，並且協助我到達我真正應該前往的地方。

今天又是一個颱風的夜晚，風勢驚人的巨大，相對起來雨勢則顯得很平緩，這已經是今年九月第三個撲來的自然風暴。剛才天還沒黑就停水了，我預計晚些可能也會停電，但是我聽著窗外的風雨聲，覺得好像外面這一切戲劇性的變化，忽然都與我沒有任何的關係。我設法繼續寫著我進行中的小說，有時還是會想著她是否現在都平靜安好，但是更多的時間裡，我反而一直在想著，所有可以實證的所謂記憶與現實，就是真的絕對全然可信可依賴，完全不會在轉身的一瞬間，就成了欺騙自己的背叛者嗎？以及，我對於她的這些思念，又究竟是源自於什麼，以及到底可以堅持停留多久呢？

一如過往，我始終質疑著愛情的本質是什麼？因為，難道所謂的愛的存在，就一定要透過毫無保留的受苦，才會終於可以顯現嗎？必須要先經過罹難或犧牲，才能得到補償般的獎賞嗎？

神秘的女子啊，我究竟在思念著你的什麼呢？
而你又究竟又是誰人啊？

20161013

早上醒來時，忽然有著驚慌以及絕望的感覺。

我躺在床上，努力回憶著正在迅速消退去那個夜裡的夢境，是一個很久沒有見面的老朋友，在街上相遇然後邀我去她鄰近的新家坐坐。我起初遲疑了一下，因為那時已是早該回家的深夜了，但她殷勤說就進來看一下，進來看一看我們的新房子就好，還有我老公也很想再次見到你。終於走入後，發覺屋裡聚滿了她們全部家族的人，每個人都在忙著自己的事情，老老少少熱鬧嘈雜。

我走到屋子的最內裡，不但沒有見到她說正在等候我的她老公，連她也忽然消失無蹤影去。這樣陷入一群陌生人裡，讓我有些不安與害怕，就決定要先離去返家。但是走回到門口，發現鞋架裡已經擺滿全家族的鞋，而我卻怎麼也找不到我自己的鞋。我焦急的找了很久，所有人都像在看笑話似的，望著我四處找鞋子，還有人遞給我一個手電筒，說這樣可以看得清楚一些。我陷入困窘絕望的心情，很想要立刻離開這樣難堪的處境，同時開始盤算想著，到底如何可以不穿著鞋，在深夜裡回返到自己的家去呢？

這樣濃重的絕望心情，就讓我忽然醒過來。我像生病一樣的繼續躺著，想說這種焦慮與失望的感覺，應該完全是因為那女子的忽然消失所引起的吧！在過去的二週裡，我像著魔地一直不斷的傳訊息與打電話給她，不但沒有得到任何回覆，後來甚至發覺那個號碼根本已是空號，所有付出的尋找嘗試，都顯得像是在撞牆一樣的愚蠢。最後我打去電信公司詢問，只回說那根本是一個臨時付費的號碼，使用的效期已經終結，基於個資保密的原則，無法查詢任何使用人的資料。

確知那女子真的就從我生命中離去，讓我忽然陷入幾乎是慌亂無措的狀態。

因為，我到現在依然無法相信我曾經真正的愛上過她，頂多就只是有著某種全然無任何自覺、或是因好奇而生的好感，以及在彼此相依偎過後的眷戀懷念罷了！但是僅僅只是失去與她的聯繫，為何會對我的生活造成這麼大的衝擊，那種彷彿整個人完全跌落入失衡的迷亂狀態，甚至遠遠超過當年與我真正深愛過前妻分手的感受。

難道這是因為我現在的身心，都變得更加脆弱了嗎？還是這只是一個徵兆與訊號，是要說明出我對於愛情或者伴侶的真正需求，其實遠遠強過我從來自以為那當然而然、也帶著某種驕傲與可有可無的姿態？我一直以理性的自制，來對抗我對於愛的真實需索，也一直以為自己必然會是得勝的一方，完全沒有允許真正的內觀與省思出現，自以為一切必當會自然如我所願。

所以，此刻的痛苦與徬徨，就是生命給我的回答與告誡，就是讓我知道成為一個宿命的最終失敗者，所應該得到的潰散打擊與答案，終於必會是如何顯現的預告嗎？

我尤其必須明白的是，我根本不是一個我自以為那樣完整與堅強的人，我是一個只要輕輕去敲擊，就會徹底崩塌碎裂的巨大空洞城堡，所有看似繽紛雄偉的外表，都是用來騙人騙己的假象。過往我一直想像著自己就是宇宙一切的中心，卻其實我根本是連自己的鞋子，都沒有能力找尋回來，只能懷抱著羞愧的心情，成為那個只能尷尬地赤著腳，一邊摸黑一邊哭泣、始終無法真正踏上回家路途的小孩。

這樣充滿焦慮的夢，可能正是想要告訴我，我仍然不願真實去面對的真相，那就是存在我本質裡的脆弱，以及因為長久失去了愛，而導致的迷惘與焦慮狀態。這可能就是我此刻無可逆改的生命現實，而我所一直期望能夠透過他者，所不斷施加給我的愛情與需要，好藉此來尋找到生命的出路，與解救困局的過往行徑，已經被我的這個簡單夢境，坦白誠實地戳穿開了。我此刻所看到一切貌似的幸福與詛咒，其實都是我自己在鏡子裡的虛妄倒影，而那就是我自己不想看見的真實身影啊！

因為，那個可怕也無可脫逃的深淵，正就是我自己的內在啊！

是的是的，真正的深淵從來就是我自己。

20161015

昨天晚上忽然快遞敲門，原來是出版社送來她的一封信函。

出版社這樣鄭重其事的看待著這封信，特地以快遞送過來，讓我有些詫異。難道他們已經都知道這件事情的原委，以及我長久等候這封信的焦慮和痛苦嗎？我拿到信的時候，遲疑著並不敢去啟開信封，我看著這一切顯得十分熟悉的印記，那同樣粉色的信封、同樣娟秀笨拙的筆跡，還有刺鼻生澀的香味，一切都如此地熟悉又陌生，彷彿是生來就一直伴隨著我的某種祝福物件。

但是，就在這同時間，我感覺到自己的雙手，其實正微微在顫抖著。

我的直覺告訴我，這必然是一封表達分手的訣別信。雖然，我其實對這個也早有心理準備，在我們彼此這樣不長久的互動過程裡，我從一個被對方絕對呵護與崇拜、因而舉止回應都顯得冷漠的人物，逐漸淪落到此刻這樣害怕慌亂、反而想乞求對方不要輕易棄我而去的失敗者。整個事情的發生來，以及轉換的過程，迅速得始料未及，也令人心生害怕。其實，我並不會畏懼去面對這信件裡，任何分手訣別的事實告知，我害怕的是反而她究竟會說出什麼話語，以及我真的還有任何真實的力量，可以用來抵擋在她在話語裡，所可能呈現的鋒芒真相嗎？

我這幾天一直想著，如果我從來不認識她，現在我會變成怎樣的一個人呢？是不是從當初收到她第一封信的那時起，我就不覺走入一個全然陌生、也尋不到出路的密林裡了呢？我甚至已經無法完整回溯那最初的記憶，即令我此刻努力的閉眼冥想，也只有一片龐然黑暗浮現在我眼前，此外就是被全部的寂靜包圍著。在過往漫長的時光裡，我讓自己沉浸在她對我的崇拜情緒裡，一直覺得心滿意足也理所當然，甚至還會生出對她近身時嫌惡的感受。但是，正就是這樣被驕寵的狀態，使我從來無法真正有任何機會，去感知體會到她在其中所可能蘊含的溝通意圖，也讓我沒有任何活躍騷動的心思，可以真正去理解明白，也許可以在其中萌發生長的相互愛意。

或許，我應該是可以愛上她的，只是我從來不曾給予我自己去面對這樣現實的機會。在我如此設定的兩人關係裡，我一直只是有如一個持恆等待的收割者，不斷算計她的愛意究竟有多少，卻永遠無法知道我對她的愛意是否存在。我以為我清楚明白一切的發生，也以為自己身心一切都穩健正常，卻不知我根本早已經處在被自己屏蔽的情感狀態裡，完全無法感知到自己真實內在的究竟何在。而且，就算我對她真的有萌生出來多麼強烈的愛意，我那善於隱藏表象在後面的本性，也會堅決否認這樣愛的存在。

然而，現在仔細再回頭看去，在這樣的關係互動裡，她生命的真實存在性，一直被我拒絕與否定，我並不願意去相信與接受這樣一個人真實的存在。但是，為何我會需要這樣對於她一切的否認，反而其實也極其有可能，我所一直正努力在拒絕的，就是我自己與我的真實感情的存在事實。

現在想來，我覺得她能自始至終這樣信任我，的確就是她最無可替代也令人敬佩的完美天賦。但是，我同時可以清楚的感覺到，她因此也一直長時間在堅持忍受著什麼巨大的痛苦，而且這樣痛苦的強烈程度，甚至已經遠遠超過我的理解範圍。正就是我向來的驕傲態度，伴隨著我的盲目封閉，以及不能夠自覺的困境，使得我永遠無法接近她的內在心靈，也無法有權力來分享她的任何痛苦感受，甚至藉此去領受到她對我愛的付出。

但是，我現在才似乎終於明白，也許她那看似汲汲湧出對我發出需索的愛情，可能根本是一個完全與我無關的愛。那似乎更像是一種既絕對也純潔的愛，有如夜夜都要來遍灑人地的月光，是從來不需要肉體關係來證明，甚至也不需要我的參與在場，而依舊可以自行存在與完成的愛。我在當時對她提出這樣粗魯的要求，並因此發生出連結的肉體關係，全然是我個人的無知願望，她只是扮演一個幸福成全者的角色，有如蜜蜂與花蜜的供需關係，沒有必然原因也沒有對於結果答案的任何期待。

是的，她一直意圖想透過這樣的關係，善意地給予我顯得貧瘠荒蕪的生命，在暗中添加上些許喜悅的滋味。雖然，其實她也深深地知道，真正的幸福是否會終於到臨，並不需要這麼多外來喜悅的支撐，這一切所謂的喜悅，都只是幸福的表象徵兆，並不是幸福的本質內裡。

所以，她因此決定必須離開我。（她不能繼續再以無止盡的喜悅來餵養我，這樣的蜜糖終於將會腐蝕我的身心一切。）

我現在才開始詫異地思考起來，在她長期對我這樣無私地自我坦露與告白裡，以及在我有如銅牆鐵壁般閉不回答的過程裡，究竟我們之間，誰才是那個需要被對話與被聆聽的人呢？以及，誰才是那個有著真正的透明靈魂，而得以自在穿梭於哀傷與喜悅之間、有如鞦韆自由擺盪在天堂與人間邊緣的人呢？還有，在這種漫長有如戰爭的兩人無聲內在拉鋸裡，究竟我們最終都還依舊會是無辜的那原初孩童嗎？或者，其實是其中另外有誰人，在意圖控制著我們各自的心靈和思緒，讓我們只是淪為那無關緊要、只能成為犧牲者的走馬燈呢？

這一切是如此的混沌難明，我想並不會有人出來解惑我這些疑難，我也只能隨著命運的洶湧去處，而放手地墜落與漂流，完全無力去做主導。甚至，我想我應該是在認識接觸她之後，才真正開始意識與質疑到自己的內在純真本質，是否曾經真實存有的問題。我甚至至會自己想著，我究竟會喜歡我此刻的生命狀態嗎？然後，我有透過我對生命的努力與犧牲，因此贏得我自己或這個世界的任何點滴事物嗎？就好像那些在煉獄裡的受苦靈魂，它們是否知道自己其實正在受凌遲，以及是否因此都會迫切地想離開那樣的處境呢？

我想此刻我感受到的痛苦，是發覺我無法對任何人述說出來，所有在我們間發生的任何事情。因為我們所經歷的一切，都依舊顯得形貌未明，有如想要透過模糊不清的殘缺屍塊，來讓人辨識與證實一個真實生命的曾經存活，甚至還會想興致勃勃去聆聽所有來龍去脈的點滴故事，我們兩人都知道，這必然注定是徒勞無功的。但是，我也深深地知道，這一切就一定終於必然會如此，因為我們之間的一切故事，完全無法成為被記錄與實證的事實，更無法勉強任何人的主動贊同或相信，因此是注定要成為孤獨與無聲的生命殘渣。

也許，我們兩人間的一切發生，只是某個天使特意捎來給我單獨一人的信函，是單單為我一人所書寫闡明的特殊訊息，從來不想要給任何不相干的他者他人，可以來理解或參與的私密話語情節。

關於那封信，我後來還是啟開了信封，並且安靜輕聲地閱讀了出來。在信中她這樣寫著：

「我決定不再與你有任何聯繫。這樣的決定並不容易，我也想了很長的一段時間。我起先一直想說要如何對你說明這樣決定的原因，但是後來又覺得這樣的解釋，其實並不是太有必要，也沒有什麼真正的意義。我相信你會懂得的，因為你從來就一直明白我的話語與意圖，這正是我過往所以寫信給你、以及現今為何決定不再給你寫信，所共同具有的同樣原因所在。

「而且，假如我能夠知道我過往的那些文字，曾經為你帶來任何一絲一毫的幸福，我就完全覺得心滿意足了。我這樣寫信給你，並沒有懷抱任何的私己目的，因為所有在此之前，我設想的一切幸福可能，其實全部都只是為了你而安排的。但是，我現在明白這樣的設想與預期，可能全然多餘也錯誤，你的人生幸福究竟如何，確實不應當被我或是任何人所定義，也必然需要不斷的被你自己所超越。我尤其一定要特別小心來提醒自己，千萬不要成為那個造成你墮落的惡意浪潮，或是讓我成為那個親眼見證了在稻穗即將轉成金黃色澤、樹上果實正當熟透赤紅時，卻因為無法抗拒重力的吸引，以及期盼聆聽收穫與豐收時歡呼的誘惑，因而忍不住地曲彎下與墜落了自己的身體，必須有如犯罪者般遭受莫大指控與羞辱，成為那個永遠無可逃避痛苦與傷害的人。

「尤其，對於這樣的一切，我發覺我完全的無能為力，只能袖手旁觀地成為永遠冷漠的無法介入者，更是讓我充滿了自責與傷心。

「同時，我甚至還感覺得到我對你長時具有的嫉妒。因為你不再背負天真的本質，而得到了某種絕對的自由，使你即令對人為惡，也有如正在承受著美德的沐浴，這是我永遠無法擁有的祝福。我完全知道嫉妒是十分可怕的事情，但是，我因為承擔過多道德的重擔，永遠無法如你那般身姿輕盈，憑著意志就可以過橋涉水，或者穿梭火海油池。我必須告訴你，每一個美德的出現來，最終注定必是要被自己孕生的另一個美德所殘害的，如同在靈魂與肉體間那一體兩面的紛爭，從來不能分開去討論評價，最終還是要相互吞噬與合一咀嚼。

「如果你現在還不能見識到世事必然如此發生來，那只是因為它們總是有著機巧的世故面目，也懂得選擇靜默與不顯身，所以我們才會總是視而不見暗影裡的真相。關於這個道理，我不知道這樣對你說明，是否足夠詳細清楚？

「我雖然一直夢想著自己能成為一個自轉無虞的星球，以便對你展示出一個最原始與無瑕的純真動作，以及顯現一種可以被神聖所肯定的姿態，然後變成為一個既是犧牲者也是收穫者，那種完美無缺的生命狀態。但是，我同時完全知道我只能成為一個不斷藉由幻想來欺騙自己，因而錯以為自己正是那個擁有完整的自由、而不自知身分其實是受困的囚犯。我一直的行徑作為，只是在恍然無覺地繼續我的所有想像與願望，而不知其實這就是最後用來囚禁我的牢籠。

「或許，唯一我還能夠真正去企想完成的，就是讓我成為一隻可以築巢在你身上的雀鳥，在你還沒有任何察覺的狀態下，就私密地完成我可以歸返與避風雨的枯枝葉巢穴，所以日夜可以依偎在你的身邊。並且，完全不意圖要去駐足踏入你的夢境，只是專心地等待你偶然對我的餘光注視，此外我別無他求。

「並且，在你日日行走那總是風雨中擺盪的琴弦上時，努力展翅環繞著你，讓第一道吹送起來的南風，可以聽得到你召喚人們重返的訊息，然後有如春天般溫柔地再次年年承諾回返到來。於是，我們就得以無誤且耐心地依循默示的引導，在眾目的期望下真正比翼飛翔，以及琴弦因之發出最曼妙的樂音，終於引領我們去到那片我們衷心嚮往的應允之地。

「最後，我要告訴你一件發生在我身上的事情，我一直以為我忘記了這一切，但是卻因為你的出現，我忽然又想起來這個隱藏的老舊記憶。在我有著叛逆個性的年輕時候，有時我會自己流連在一間小巧深邃的酒吧，通常我會約一兩個女伴同行，有時也會自己前往並接受有些男子殷勤買酒招待。有一夜，一個顯得害羞的年輕男子，在與我搭訕飲酒幾杯後，我立刻見出他對我存有的慾望耽想，立刻就挑逗問說要不要一起回他家，他詫異地說不出話來，我就說我先出去到街角的便利商店買包煙，你五分鐘後去那裡找我吧！

「他出現時是騎著摩托車，暗示我跨坐到他後面。我攬著他腰身時，他告訴我其實他就住在附近，可是和父母親住一起，所以沒有辦法帶我回去，但是他家的旁邊有個小公園，我們可以去那裡，他知道那裡有一個很隱密也安全的地點。他最後帶我去到公園滑梯上面那有如童話的混凝土圓筒裡面，他讓我平躺下來，慢慢地解開我的衣服，我看出去他肩膀後面的黑藍天空，問他究竟你是住在哪裡，他就回身指著一個高處的公寓，好像指著一個不相干的物件。我讓他與我做愛，並且用雙手像母親一樣環抱住他努力起伏的身軀，覺得既是心疼、也充滿了奇怪的愛意，並一直覺得他父母正從窗口看著這一切的發生。

「他離去之前稱讚了我的胸部，說非常的小巧可愛，我當時沒有回答什麼。可是，我之後就沒有見過這個男孩，也根本就把他完全忘記去，雖然他對我胸部的描述，日後確實長期讓我覺得恐懼自卑。然後我從書上無意中看到你的照片，忽然就想起來這一切，我知道你並不是那個年輕的男人，但是我似乎又希望你就是他，所以我就開始寫信給你，對你訴說我的生命與想像。事實上，我完全沒有想要見到你面容的念頭，因為我害怕那更會摧毀我內心期盼的美好結果，而且我們都不需要這樣的現實到臨，我也許只是想從你身上，再次得回來那個男孩欠缺我的真正讚美。

「今天早上起床後，忽然我就明白這樣一直寫信給你，是多麼荒謬也愚蠢的事情。你永遠不會是那個年輕男子，那個年輕的男人也永遠不會是你，我必須要真正的接受與面對這個事實。所以，這封信就是最後一次我寫給你的了，我猜想我很快就會把你和這一切都忘記去，就像我當時決定要忘記去那個年輕男人一樣，這是讓我得以繼續走下去的唯一方法。

「並且，我也決定心甘情願地從你的生命與記憶裡消失，以確認我不再給你帶來任何的痛苦或喜悅。此後，讓所有的愛與受難及不幸之間，都不再有任何的關係連結。而且我還想告訴你一個我近日的感想，就是我忽然發覺最純潔的愛，是需要能夠接受距離的必然存在，並且接受不可完成與不可企及的美麗。

「因為，你不是那個年輕男人，那個年輕男人也永遠不會是你的。」

我反覆看了這封信幾次，然後小心折疊起來，放入粉色的原本信封裡。忽然有了一個感覺，就是我其實距離這個神秘女子非常遙遠，而且我根本從來就完全不懂得她的心思在哪裡。在我們之間發生的過往這一切，甚至越來越是讓我覺得虛妄不真實，彷彿這根本就是我自己所幻想出來的一個夢境情節，一個從來沒有真正的開始過，因此根本也無法真正結束的夢境。

我甚至無法判定這個神秘女子，是否就是那個和我有過兩次肌膚之親的女人。儘管我一直說服自己，她們就是同樣的一個女人，她們都一樣突兀地出現來我的生命中，也選擇一樣急遽地消失離我的生命去，她們必然就是同樣的一個女人。但是，我內裡的另一個聲音，卻一直低語告訴我，這可能都只是我一己的設想，是我希望她們就是同樣一人的。

為何我會希望她們就必須是同樣的一個人呢？如果她們根本就是不相干的兩個人，究竟又會有什麼關係呢？兩個本來有如片段剪影般的匆匆人物，就算是可以合成為一個人，依舊改變不了她們本質裡，永遠注定還是某種片段與剪影、這樣根深蒂固的分離事實吧！

我在幾天前完成了小說的書寫，並且在最後的章節裡，寫下了不知是在對誰述說的一段話。我忽然很想抄下來，讓自己再讀一次：

我不知道在日久未來，當時光真正久遠以後，我是否還會和你繼續這樣再次通話訊息。我並完全不知道這樣顯得簡單的分離舉動，最終對你我二人究竟會有什麼影響？我選擇這樣與你分離，也希望這樣因離異而生的彼此苦痛，最終全部由我一人來承擔接受，而你應當要依舊平靜安樂如昔。就如同你在過往曾經教導我的，我們一定要學習懂得把所有的災難，都當成為審美的一種離世思索，千萬不要總是停留在災難呈顯的表象現實裡，讓自己過度沉湎在哀痛的情緒中，甚至忘卻了在所有災難的腐爛內裡，都可能隱隱散發出來那最是醉人的芳香。

同時，我們一定要理解與相信，所有真正的預言與祝福，都只能誕生在全然黑暗的無人夜晚，不可能有如此刻人間的知識與學問，那般沒有目的的生養繁殖，以及必須那樣深深仰賴著刺目的白晝光照與溫暖。

我還同時堅定的相信，恰恰如同人世間的萬事與萬物，我們都有著各自所以存在的本質與意義，也因此我與你所以會相遇與分離，才能有其不可替代與必然的使命意義。我其實一直暗自希望著，也許在遙遠的未來與他日，我們能來得及一起去養育一個孩子，讓這個孩子在日後長大茁壯時，可以明白我們所以會這樣對話的意涵及必要，以及因此終於讓我們共同養育的孩子，也懂得我們彼此為何分離的不可避免，這樣事實的所以日常與根本必然吧。

甚至，更可以讓我們所愛的這個孩子，藉此看見我們在各自身上留下的記憶印痕，也就是那些彷彿一邊露著微笑、一邊閃耀著銀色光輝的所有過往傷痕切口，這才是最真切屬於我們的共有記憶啊。唯有這樣能不斷閃耀著銀色光輝的傷口，才可以完全無懼也真切的自在張嘴，訴說出來我們之間的一切故事點滴。

我決定把這一段剛寫完的小說單篇章節，命名為「懷疑」。

然後，我忽然想著如果真的在未來的某日，我和神秘女子可以共同擁有一個孩子，我會希望他的名字就叫做「懷疑」。我希望讓他成為我們所共同送給這個世界的禮物，讓他可以永遠以著懷疑的本質，和無慮無憂的純真去愛世人，也讓世人可以無懼無悔的去愛著他。

我把今天收到的這封信，夾入我的日記本，明天我再來決定要怎麼處理這個日記本和這封信（以及我的剩餘的人生）。現在我決定要好好的先去睡一個覺，如果明早我起來了，一切將如舊的重複下去，如果我沒有起來，就表示我決定將這一切都遺忘去了。

晚安，大家晚安！

後記：

我事實上當夜就用打火機燒去了這最後的一封信，並親眼目睹灰燼般的紙張，在強風吹拂下消散無蹤。但是，幾天後我在同樣的陽台上，卻撿到了一張小紙條，我相信這是從那同一個信封裡無意間滑落下來的，像是一直隱藏不見的什麼神秘訊息，堅持要對我訴說著什麼話語。

紙條上列印著二行像是抄寫自聖經的什麼文字：

門徒對耶穌說：主啊，容我先回去埋葬我的父親。

耶穌說：任憑死人埋葬他們的死人；你跟從我吧！

小說

1. 貞潔

今日我決定以著絕對虔誠也寧靜的心靈，要向你傾吐你一直不能完整明白的一些事實。我會儘量用連貫的記憶與事實，以及平靜的心情來做鋪陳述說，避免讓你覺得突兀不安、甚至因此心生排斥的情緒。

請先不要認定我是一個陌生的人，我們相識彼此的事實，可以追索到連我也不復全然記憶的久遠幼小時期。關於這部分的細節，我也有十足的證據來佐證，但我並無意停留在這件事情的討論上，或者與你因此有任何爭辯，這完全不是我所以要來與你寫信的初衷動機。

你一定會問我：那麼，請問你所以要如此殷勤地寫信給我，動機究竟為何呢？這個答案早已在我心底迴旋吶喊數十萬回次了，那就是：我愛你！

是的，我愛你！就是這麼簡單的動機與原因，讓我今日坐下來，心思單純也寧靜的開始動筆，專心給你寫起來這封信。我尚不知我究竟要對你說出來什麼，以及究竟有多少的事實與內隱的感情，應該要藉此對你做出吐露鋪陳。而且，在面對這些顯得雜亂紛陳、幾乎有如夏日驟然暴雨的積累思緒，更不知道要如何去做出恰當的梳理結構或合宜刪裁。

雖然，我依舊不能確知你此刻的真假有無，因此對你的存有也總是覺得惚恍生疑。但是，若是與你相比，我覺得我的存在更是完全沒有真實性，有如某一道只能現身於瞬間的煙雲，連虛假都無法承擔起來。也許，我所以要對你這樣寫出這一切，就是想對你說，無論我們的存在與否與真假有無，並不能改變任何必定的事實，那就是我要讓你能夠相信：是的，我愛你。

我們共有的女兒前幾天搬去南部的城市住宿，開啟了她成長獨立的新生活。

你問我會對此心生擔憂嗎？我當然必須承認這樣的分離，對於我與她都是全新的挑戰，尤其自從我當年毅然決定攜帶幼齡的女兒，遠遷到無人辨識的北部城市，扮演起單親媽媽與獨女的相互角色，並且重新開始兩人未知的新生命後，她其實一直是被我隔離在我的家鄉與記憶之外。我日後開始思索這樣因果的究竟，自問這對於她的人生是好是壞，同時逐漸認知讓她參與進入我過往一切，或許也有其無害的必要性。

我現在不想多費篇章談論她，因為我希望日後的她，也能如他者一般的閱讀我寫的這些信，重新認知到你與我之間的點滴脈絡，因此得以清楚定位她的生命從來究竟為誰。甚至，我還希望她能以不相干他者的客觀身分，或是說她所擁有的獨立生命狀態，告訴出來我們間長時被簾幕覆蓋住、所以自己無法視見的一些事實。

自來，我就是一個沒有真正過往可以記憶的人，就像我的母親與外婆也都是那種沒有過去的那種人。我們一家三代的三個單身過活女人，因為沒有可憑靠與依恃的記憶，可以像別人那樣來完整追索敘述，以及鋪網補成可信的家族歷程，有時不免要自慚形穢，覺得自己就是只能長久活在夾縫與陰影裡，永遠見不得人的那款人了呢！

同時，我也意識到我一直扮演著的單親媽媽角色，即將落空並且終止，因此必須面對新的轉變挑戰。這讓我有彷彿完成一件重大事情，終於可以好好鬆口氣，同時藉此機會面對浴間的鏡子，重新仔細看一看今日我現在的面容，像閱讀古舊日記與斑剝手紋，瀏覽起我這一向的生命歷程模樣。當然，也希望可以比較清晰再次探看存在於你我間，從過往到現在的所有應對交際事情，認真想清楚究竟這一切的因由緣故，是否到底是有在為何與到底為誰嗎？

請不要急著提出任何辯護或質疑話語，讓我可以先清晰明白、以及有條理地把所有的事情，都頭尾一次對你訴說完成。我絕對無意要對誰人控訴要求什麼，也不是在懺悔乞求什麼他者的原諒同情，我只是想要說服你和我自己，其實有著這樣一個長存在我們的內裡，卻又難於證明的事實，這事實一直從來沒有真正的遠離開過你我一瞬間。

那就是：是的，我愛你。

我們所以會彼此命運糾結一起，可說是肇因於意外共同孕育了女兒的生命。這本來是不應當會發生來，也全然逆反著社會的觀感，譬如你當時其實年紀尚且未滿二十足歲，我卻大你將近有六歲餘，你是方才從軍中退伍下來的待業青年，我則是在夫家經營的家傳老茶葉鋪裡，做著單純無趣日日買賣營生的已嫁入人家的婦人。

你走進店裡的那日，第一眼我就辨識出你來，我對你的印象一直十分地鮮明深刻，也難於輕易忘懷。你的頭顱與外型，本來就特別削瘦黝黑，如今剪成三分短促的可笑平頭，更讓你原本碩大的眼睛骨碌突顯出來，完全如此異於他人眾徒。我看得出來你並不是真心想要買什麼茶葉，甚至也已經猜測出來你應該就是住在臨村的那個青年。但是我並不去拆穿你意圖虛構扮演的一切，因為我隱約感覺到你這一切的謊言，其實都只是為了更加接近我的肢體美貌，而且這樣淺顯易辨的事實，確實讓我內裡暗暗覺得歡喜蓬發。

我僅僅光是為你介紹茶葉種類就唇舌周旋了許久，而你畢竟太過年輕害羞，完全無法直接迎接我與你的眼目交錯，更別說做出什麼話語表白了。我最後建議你就先帶三小包不同的茶葉，拿回去給你所說家裡的老大人試喝看看，看老大人的腸胃歡喜什麼滋味，然後再回來決定要購買哪一款，好用去孝敬贈禮給老人家作壽辰禮物。你就茫然點著頭，完全聽任我的言語擺布與安排，彷彿在我記憶中你童時的神情模樣，讓我不覺有些驚顫起來。我沉臉婉拒你付費的舉動，並說：「這三小包的茶葉，就算是我送給你家老大人的禮物，讓老人家先去試喝看看，若是真心有歡喜，你再回來一起算沒有關係。」於是，我把你置放桌上的紙鈔，重新折疊放裹入你熾熱的手掌心，那時我感覺到你張開的手指肉，在觸碰及我的指尖末梢時，相互映流出來一股顫慄的波動，同時你年輕碩挺的昂然身體，似乎在那瞬間也回應的抖抽幾下。

有一種無法形容的東西，那時在我的內裡被喚醒了。

那是我將永遠不會忘記的顫慄與抖抽啊！雖然僅僅只有短暫的瞬時一剎那，但是我們都清楚意識得到這有如電波流傳的閃現與消逝，恰如雷電光華、恰恰如雷電光華那般的……那般的強大華麗，有如使命般忽然穿空降臨來。你知道嗎？日後在我屢屢感覺沮喪絕望的眾多次生命時刻，我會蓄意認真回想起這有如開竅啟蒙的瞬間一刻，讓那樣近乎麻痺窒息的靈啟感覺，重新充滿盈灌入我已然顯得衰頹的全部身心。是的，正就是這麻痺窒息與近乎凌遲迫身的感覺，以及那伴隨著忽地就環繞你我周遭顯得榮光滿照與喜悅充盈的記憶，屢屢總是可以如天降的光芒祝福，重新激勵起我爾後不時會低靡搖盪的生命意志。

我在更是幼小的時候，其實就住入過你來自的村子。那是因為母親突然衰敗的身體疾病與家居長久的窮困所致，母親那時完全無力照顧我的生活，以及更是稚齡弟弟的突然誕生來，於是送返我回到我外婆所居、也是我當時還不熟悉你的客家村子去。我必然就在那時初次見到你。由於外婆是在你家擔任半職的家傭，必須早晨清洗好你一家大小的衣服，並在你母親出門買菜辦事的時候，負責起來照顧猶然是獨子、才開始學習走路的你，同時還要打掃屋子、並煮熟一家的午飯兼晚食。

外婆通常會攜我同行，並讓我接手一些事情幫忙，甚至讓我參與你午眠起來的洗浴工作。也就是這樣的緣故，我對你的筋骨肌肉，自來就感覺特別熟悉難忘，譬如你到現在還具有的削瘦頭顱與細扁外型，你不愛言語卻顯得堅定的固執脾氣，以及我最是不能忘的你總是乾淨芳香的身體。

如今你的忽然再次出現我眼前，以著長成男人的軀體模樣，確實驚嚇也勾引著我內在曾經的慾念暗流。我也因此感覺到即將面臨巨大挑戰的到臨，那就是我終於明白，若是不能對抗此刻我對你滾滾升起的慾念蠢動，我必將會在某個時刻永遠失卻你。而且，我完全清楚地知道，失卻你也就意味著將同時失去掉這整個世界。是的，不管最終究竟是將失去你或擁有你，都必然暗示著一種斷絕，就是我將會與你所身處的那個世界，在連結上發生致命般的失途與斷絕。

然而，這是沒有人能奈何的，這就是我們間宿命的遊戲規則與命運。

我自幼小的那時起，的確暗暗羨慕你們一家的華美舒適生活，也時時相對比我自身命運的坎坷，難免覺得暗自神傷。但是，這並絲毫沒有干擾我每日見到你的喜悅，也就是在我與外婆過著自律簡素的平淡生活裡，每日隨行她去到你家的幫傭過程，事實上安撫也平靜了我的許多哀傷心情。僅僅就只是見得到你那單純不語的神色，以及洗浴你近乎潔淨無瑕的肢體，並親為你穿上乾淨潔白的衣裳，就能讓我有著心靈蒙受洗滌的舒暢感受。

而且，最重要的一件事情，也是我日後才能明白的，就是我發覺我對生命的滿足感受，其實是建構在你未來人生的是否能夠快樂與幸福。也就是說，我發覺我對於現實的幸福感知，完全是經由判斷你能否感受到幸福，才能有著自己是否幸福的感覺。這是讓我十分驚駭的事實，因為不只是我的丈夫和親人們，從來都不能給予我這種甘心意想去犧牲的全然願望，甚且連我們所共有的那唯一女兒，也無法召喚出來我內在這樣奇異有如聖潔者的情感。

我完全不知道原因何在。難道這會是因為你正是第一個以著潔淨的全裸身軀姿態，沒有任何懷疑與憂慮的，就將自己的無瑕生命，全然交付給我，讓我即令幼小無知、也主動承接起來那本當屬於施愛者的光榮使命嗎？還是，我們之間的姻緣關係，本來就命定也難以更改，而我更只是這樣使命訊息的承接者與實踐者，並不是我一人自以為可以愚昧猜想與破解的呢？

你確實很快就回返茶葉店來，指明要買的品樣與數量，同時直接暗示對我的好感，甚至在終於轉離去時，蓄意留了一封信函給我。信函表露的情意坦白直接，讓我有些意外吃驚，你甚至傳達已然知道我是人妻的事實，卻也顯露毫不懼怕、以及在所不惜的意志。我當下同時明白，真正應該毫不懼怕以及在所不惜，並且願意勇敢面對這人世間一切陰暗威脅的人，反而應該是一直沒有把你忘記去的我啊。然而，我頭尾裡對你唯一的憂慮，是你所自我想像與憧憬的美好未來人生，其實即將要面對那未明外面世界所暗裡掌控的陰謀，以及必然即將要施加到你身的那不可臆測波折，這一切皆命定負罪般要對你逐日抽絲剝繭傷害凌遲。

我完全熟知他們的惡意劣行，必將吞噬掉單純的你。恰恰又因為我同時清楚你的單純與無辜，是一絲一毫地無法抵抗那個世界的龐大邪惡，你必然終於會是落敗的那一方。所以，我滿心願意為你去承擔所有一切的苦難，並多麼希望你能學習保護好自己，因此即令沒有我隨行身邊的衛護支持，也必須顧全自己的體膚健全與毛髮絲毫。

但是，不管我的意願究竟如何，我完全知道我們注定不該也不能在一起。

我理性思考這一切的因果事情，決定在你所約定見面的地方，親自交付給你一封堅毅絕情的信件，阻斷你對於這一切往後的連結想像。我知道唯有去斷絕掉你對我的所有懷想依戀，才是我們得以長時並存的唯一方法。也許，正就是因為你所以不能得到我，恰恰確保了我的永遠歸屬於你。

果然，你此後就不再與我有任何實質干係，也瞬間消逝出我的生命軌跡外，我猜想你甚至即刻轉身尋求另外其他女子的慰藉安撫。我對此沒有不悅與懊惱，正如我先前所說的，一切能讓你喜悅與幸福的現實，都會是我甘心為你預作鋪設的紅地毯。並且，你注定必須面對的試煉受苦，我若不能完全同行來為你承擔作頂替對抗，就只能放手祝福你獨自繼續遠行與歷難，然後許願祈求他者甘願隨行你做保護。

因為，如此靜默地選擇僅與你的靈魂交談撫慰，而不去親視見你肢幹肉體的究竟受到什麼凌遲污辱，可以讓我暫時假裝重返回我們最初始時，所曾共同經歷的美好時光。當然，我對此也是心懷愧疚難安，因而在這同樣的時間裡，我暗自許諾為你永生堅守與貞潔不渝，彷彿我們就是那最初與永遠的新郎與新娘，並且堅決使這個鍊結堅定牢固，完全無任何他人他物可以替代。

當我確認我與我夫共孕的完成，就迅速以懷孕身體不適為由，從此拒絕了他共體同房的所有請求，當然也因此導致我與他們一家的終於仳離分道，這甚且是發生在我們嬰孩的誕生之前，因為我公開宣告這嬰兒並非我夫所賜予。我所以會希望能經由他孕育一個嬰孩，並否認這是他所從出，是我相信這必就是你與我的小孩，因為這正就是我們真正的共同願望。而且在受孕的起伏過程路途裡，我們彼此的心念沒有分秒分離過，恰恰正是我們二人合一的願望，才得度過這樣受孕過程的波瀾起伏，並促成了一個新的生命誕生來。

所以，我們就有了這唯一的女兒。

關於我為你立下的守貞誓言，我以著愉悅的榮耀謹守不渝，好像私密擁有著一口最是甘甜的井，得以從中日日取得讓生命不絕的源源力量。我並且發覺貞節所以存在，並不如大家意想的飄渺與可笑，它其實就是現實裡所發生的日常一切，一如其他所有的善行與好意，以及所有辛勤刻苦的勞動，通通蛛網共譜我們所謂的日日現實。

同時，我越加不依賴餐餐不絕的食物來支撐身體與精神所需，逐日練習讓我的軀體可以憑靠著意志，以及經由毅力而生的念頭，譬如我所一心信守的貞節，共同能夠產生出來的能量，來頂替維持住我日常起居的生命飲食所需。關於這些確實的細節，我一直蓄意隱瞞了大多數人，僅有與我日日生活共依的女兒，才能完全清楚見證這個事實的真正存在。

至於，為何我會有著這樣奇異的飲食念頭、或者說對生活認知的突兀決定，老實說我也不能完全確定。我僅僅是在生命運轉的某一瞬間，忽然像是盜取得到什麼乍現的靈光，就有著這樣在意識理解後的斷然決心。自此，也徹底明白真正在支撐著我的生命，讓它得以繼續延續奔馳下去的原因，完全並非我自以為那些不可缺的日常飲食填補，而更是我內裡對你全心全意的守貞意志，以及對於愛情終得降臨的期待啊！

你應該還是會覺得我所說的一切，完全無法吻合進入世間現實的合理邏輯，因此可能還是會要來懷疑我此刻的心智狀態，甚且猜想我或許有著什麼其他隱藏的動機目的，才會讓我的述說顯得如此跳躍與虛懸難定。我不想對你費力再重述或虛構其他過多的所謂現實證據，所以好讓你可以更必然地接受我的一切說法。我完全不想多說也無法多說，因為這本來就是我心智思考的唯一脈絡路徑。我也從來不是憑靠這樣虛構現實來認識你，更不是想以這樣的方法，來決定我與你的未來關係。

當然，我更絕不是因為這樣因果邏輯的發展，而終於會愛上你的。

同時請相信我，我與你這一向的因緣，從來不是透過他們建構的思維與檢驗，所以才會如此出現來的，反而是源自於我們直接的內在呼喚，所自然共同長成來的。至於他人為何會有這樣對我心智狀態質疑的出現，其實也是極其自然而然，就連與我生命幾乎分秒難分的女兒，也屢次提出對我這樣顯得奇異作為與動機，究竟為何與因何的屢屢提問。更甚至於，連這一切究竟是真誠或是虛假的辨證，以及我的真切身分究竟為何的問題，她都曾委婉隱約地作暗示與我討論，也間接幾次表達我當去醫院看病的建議。

恰恰就如同這一切世間的為難與詰問，從來不曾一刻遠離開我的生命，以及自然也不會斷止於我女兒這樣不絕於履的擔憂反覆探看，其他當然還有無數眾目睽睽的盯視冷目，更是沒有能寬容放輕鬆地離我遠去。

甚至，我也知道許多人暗地裡相互的說法，他們傳說著我心智的殘缺不全，說我的話語與我的記憶，同樣都是荒唐可笑，因此也是全然不可信的。這一切我也都知道明瞭，我卻決定將它們置之不理，因為比諸我想要去到達的樂土美地，他們的話語與干擾，只像是路途中的泥濘與碎石，若相對於你我目光的眺望所在，是顯得多麼的瑣碎與枝微末節啊！

幸而我僅僅憑靠著當初對你承諾的信念力量，就得以榮光度過去這許多質疑與擔憂的注視。而且，我知道我必須一直持恆地彰顯榮耀你，你也必將會回報我以那從來就如陽光般長久存有、也一直耐心等待著我們的愛。

我想和你談一下我為你所立下守貞的這個誓言，後來究竟如何發生的事情。在我決定離家自行生產下女兒後，生活可能貧困的現實就逼臨而來。我早已預備要以肢體的勞動，來面對這樣的生活挑戰，完全不會對此有什麼怨尤懊悔，一如我那個守寡獨居、甚至被傳說帶著厄運的外婆一樣。

然而，出乎我意料之外的，真正的挑戰並不是我預想的現實生活財務困境，反而出現在許多他者對我姿色的揣想貪圖上面。我必須要告訴你這部分的過程，因為財務現實的窮困與否，並不直接干係到你我的契合連結，也不應被當成任何阻擋我走向你的理由或藉口。

反而，對於貞潔的終生堅守，對於他人誘引的拒絕，才是我對你承諾的唯一檢驗所在，也是我們之間那貞潔無瑕的愛，所以真實存有的證明。

每次一旦覺得無依孤絕的失望時刻，我確實會暗自賭咒譴責你的缺席轉目，當我真正沉淪享樂的時候，卻又往往驚覺到你的耳目，彷彿就在一旁觀視著我，從來並不曾一刻瞬間離我遠去。這讓我覺得十分驚駭、甚且因此嚎啕痛哭，彷彿流離迷路於林間多時的小孩，重新再次見到久別難忘的溫馨家園與日夜立在家門等候迎接的母親，那種既悲切含怨又安慰寬撫的心情，總會再次酸楚也幸福般地於心底浮現。

這樣難測詭譎的經歷，並讓我能終於徹底明白，所謂真正的愛的存有顯現，並非永遠會是飽滿喜樂的充盈狀態，更不會如同那習於不斷被澆熄又燃起的憤怒，總是在岔途困惑時顯露出恍惚難安的迴旋神色。我不明白何以世道會如此，但我寧願相信這也是一種在滅絕與新生間，不斷搖擺探尋的喜樂韻律。

因此，儘管像我這樣微不足重的生命，由於長期以來不得不飽經各種痛苦，讓我變得傷痕累累也坎坷難堪，已經難於再重新生長出來什麼新鮮的力量源泉，以便乾淨無瑕去面對你。甚至，還全然失去作為施愛者的能力，只能搖尾祈求你久違的憐惜關愛能否重返，讓自己支撐步行下去，面對那日日迎來的艱苦路途。

我知道在最終時刻，唯有信念是可靠的相伴者，此外別無他者他物可做依靠。而且，我知道你從未真正離棄我遠去，不管我以絕對貞潔或徹底陳腐的姿態存活，不管我究竟是在稱頌你或詛咒你，你必不至於真正遠離我，或是決心不願再回頭顧視我的步伐、不再臨現我的面前。

是的，我雖然滿心懷疑也非常確信，你無時不刻觀看著我每日的言行舉止，可是你卻又決定一言不發，甚且心情冷靜如路人他者。你堅持絕對存在我的身邊，卻又恍如從來並不在場，讓我對於你的冷漠與關愛，究竟何來何往因此難於辨識。我也知道只要在你面前，我永遠是坦露赤裸無可掩藏如初生嬰兒，只能以獻祭者的純淨身姿，來博取你眼角餘光的贊同獎賞。我不知道你對後來這一切撲山倒海、接踵發生來到我命運的大小事情，究竟怎樣看法？你會嫉妒我懷中那些纏綣迷戀我美色的陌生男子的示愛頻頻？會因為見到門庭川流不絕那意圖取悅我的盛況，而暗自慶幸感謝我生命的因而安然無恙嗎？還是，你會因此悲憤詛咒我顯現出來的蕩然無節操呢？

像我這樣一個微不足道孤單女者的生命路徑，只能彷彿山間溪流緩慢且無人知曉地穿石而下，因此有其必須總是要柔軟貼地，才可以繼續前行的人間道理。我也從來就明白，只有能讓自己以最是細微極小的形式存在，藉由真正融入處身在不明他者間，才得以護全自我的生命。而且，這樣介於獲取與犧牲的擺盪遊走，有如那些本當明朗繁華的行旅路徑，如果開啟給從來心意未定難明的陌生路客，絕對是任人都覺得難堪想迴避的景況。

因為，我知道只有必須甘心成為絕對的一無所是者，才能夠得到被你所獎賞寬容的機會，這就是一切的事實所在。

有時，我內心感覺到自己應該早就死去，因為我與你的距離如此遙遠難及。

然而，我卻同時堅持不願讓軀體先於靈魂死亡，我害怕的不是我身軀的冰冷腐化，更是你我因此或將失卻掉得以關連的中介物體。失去了我的肉身軀體，你我間的路途於是必將徹底斷絕，我也因此更是尋回不去你如今所在的處所。也許我現在此刻唯一還能作為的，只是努力維持有如純善者的那種聖潔態度，設法在塵世間繼續存活下去，一無所求地承受所有臨加過來的苦難，不企望在這個世界之外，還去尋求任何其他神聖力量的降臨可能。

我們之間愛情的力量，是源於我們兩人當初的選擇，是一種自然而然的結果。就是因為我們選擇要讓現實的愛全然缺席，才能生養出來這樣純淨及完整的對語狀態。然而，無論你我的最終究竟如何，對我而言，你依舊永遠會是那個持續在散發出光芒的暗夜星宿，總在不可確知的遠方他處，對我永恆地閃耀召喚。而我則不斷長久處在無語的沉默中，有如永恆等待著被微風吹響起來的風弦琴，可以對你訴說出來我的鍾情心聲。

我知道唯有耐心停留在我對你的愛裡，專注徹底地沉默等待，才能在我們的合鳴樂音裡，逐漸聚攏成一具完整的靈魂，讓這樣的愛有所歸宿可棲息。

我不能催促你的行動，也不能叮囑愛情降臨。因為我知道，愛也需要休息與離開，因為本來無任何事物，可以在世間恆久奔跑，而不覺得疲乏困頓的。但是，請原諒我對你不止息作陳訴的愛，恰恰因為這樣的固執頑逆，我的靈魂因此越來越是凝重虔誠，我生命的真實重量，也才藉此得以清楚顯現。

因此，我相信你必然會選擇賜給我那足以果腹的麵包，而不是他們謠傳詆毀的那些冰冷石頭，你必然會顯現出有如明亮陽光般持恆的溫熱，而非那冬日寒夜有如毒蛇的淒冷無情，藉此好讓我視見到你的溫馨容光，再次從容臨照入我陰暗的石室。

我完全明白貞潔的必要。

我也要對你起誓，我必將永生遵守著這以貞潔為名的愛。

2. 善良

我有時會擔心自己是不是知道的太多了。

但是，我確實是不得不成為這樣的。我常常沒有選擇地必須從許多卑劣者的惡意本性中，努力掏檢汲取出那些可以形塑自我的力量。像旅行一樣總是穿越過惡寒的面貌或本質，因此逐漸學會對於善與惡，都可以保持著風景般無動於衷的冷淡態度。同時，又還能對這二者都聚精會神的持續關注，就是維持著既是冷淡又能關注的態度，像陌生不相干他者那樣的作著注視。這聽起來也許十分奇怪，但其實這是非常必要的生命過程，因為對於眼前的所有事物，雖然我們時時欲想要介入去作改變，但是真實的演變情況，卻往往不能盡如人意。

反而，我自身的經驗告訴我，有時僅需要投注聚精會神的意志，而非實質在行動或價值上去干預，反而經常要比透過倉促的行動，以及想從中所寄予的自我期盼，還能產生出來更為良善的結果。

我完全無意要混亂你此刻的思緒，或對你陳述出來什麼偉大的思想。我只是想對你述說出一件簡單的事實，就是對於所有善與惡的事物，我都希望能夠保持專注地一視同仁，其他剩餘的一切，就順其自然也無須在意。這是我從自己細微的過往生命裡，所學習體悟到的簡單想法，完全沒有什麼高深的玄機隱藏其中。也可以說，關於我現在想對你說明的這一切，我全都只是在偶然中忽然知道的，並沒有任何特別必要的緣故與理由，或是其中有任何隱藏的特殊含意，要來讓我蓄意對你做出特別闡述。

在我過往的生命事實裡，善良與邪惡經常同時出現來，而且有時會以著幾乎難以辨別的面目，要求我立刻做出釐清與判斷。我知道光是要在二者中做出選擇，這樣行為的自身已經極其困難，更何況在這作為的過程，還總是會暗暗地夾帶著我覺得既且令人難堪、也顯得有些低層次的價值評斷意涵。通常，我還是會順從地做出選擇，並且默默卑微地暗自期望，希望透過我隱沒在其中、那顯得幽微卻不曾消失的愛，讓善良得以在被迫的兩難選擇中，依舊終於顯現出來。

因為我相信真正的善良，從來不會意圖與邪惡對立。而大家認知的所謂善行，某個程度可能就根本如同惡行，甚至有著同樣粗俗也敗壞的啟始動機。唯一能夠讓它們自然作分歧，並且各自顯現的方法，只是耐心順從自己的內在願望，好讓善行得以尋找到理所當然的連結路徑，因此自然地與邪惡分途而行，再把自己的完整與統一真正體現出來。

在日常的一切事物中，善與惡依舊是相依難分，如果我們拒不接受這種模糊曖昧的不可分狀態，反而注定要與受苦受難的命運，一直綿延不斷的牽扯作糾纏。而且特別要留心，所謂的純潔並不等同於世間的善良，更不是那個如今已經很少言談的聖潔。因為，善良或聖潔需要憑靠許多自行的灌注努力，才得以達成目標，反而純潔就只是一種自然而然、也沒有受到任何事物控制的狀態。有點像是春天的微風以及和薰的陽光，或者那永遠會在路邊安靜綻放的野花，天經地義也理直氣壯的存在那裡。

但是，對於這樣的純潔，反而要特別小心，因為它經常是許多的苦難，尤其珍愛選擇的寓居處所，也屢屢成為人間所有猥瑣雜事，特別喜歡行經的窗口便道。此外，純潔還常常想給各種難嚥的現實苦難，費力去披上一件包庇者的華麗說明外衣，因為當面對難以接受的真正現實，純潔往往就是這樣苦痛經歷的糖衣外飾，是一種透過認命所以認罪的簡易逃逸邏輯。

純潔雖然顯得美好天成，卻也有其天生難避的危險，所以真正的人間善良，經常要躲開這樣的樂園陷阱，以便能懂得在責任與道德的複雜世界裡，迴避不斷出現的岔路與陷阱，並做出某種躍入似的堅持與糾纏，以真正成全一些良善事情的完成。

而且純潔絕對不等同於善良或聖潔，也與它們沒有任何必然的關係。反而，在聖潔與犧牲之間，有著比較牽連難分的關係，因為善良容易與無辜攜手接近，也就是說都是處在某種難以描述、也永遠無法被界定的狀態，像是那猶然等待著萌芽與孵化的胚胎，無人可以預知它誕生或者長成後，究竟會顯現出來的是善良或邪惡的終於面貌。

我這樣反覆解說，似乎更要弄亂掉各位原本清晰的思緒。但請容我再說一次，我完全無意敘述什麼宏大的事理，關於我所說的這些話語，並不是我自己的思考結果，這都只是我在偶然中，忽然知道的一些事情而已。

我外婆是生來就被詛咒的那種人，所以會這樣的真正原因，我一直沒有能夠弄清楚，但其實我也沒有真的很在乎。她一世未婚未孕，卻不知從哪裡收養來了我母親，她們兩人的關係一直有些緊張難安，甚至可以說其實根本相互敵對仇視。關於這樣的事情，並不需要特別的原因與理由做說明，我們都早已看過許多無因仇恨的真實故事，即令彼此間有著家人同胞血緣的緩衝阻止，往往也還是會落到最後難堪真相的畢露來。

外婆不知為何與我特別相親，這也是她願意在我的幼年，當母親陷入貧困時，毅然決心收容照顧我的緣故。某個程度上，我甚至覺得她其實根本想把我當成她的接班人，栽培我可以承續她所具有的某種靈異感知能力，並且得以施展在生活日常的一些機運角落。雖然，她從來沒有真的對我承認過這個事實的存有，但是我從日日起居生活的細節裡，譬如僅僅是透過她看望我的神色表情，就可以感知得到這種期待的長時不滅。

關於她所具有的這樣稟賦能力，一直是保全著她在被全部他人集體鄙視時，還得以獲取些許尊嚴的最後一線生機，甚至還能藉此賺得一些收入外快。雖然，那些大廟和正神會出入的地方，是從來不准許她的現身作法，也斷然否認她任何靈異能力的真實存在。但是，畢竟就算是真正有著權柄的正宗神明，也無力回應處理人間的一切困難祈求，總還是有一群依舊失望或懷著隱憂的人，繼續徘徊在乏人瞻顧的角落，並選擇在夜暗隱身無人時，自己輕敲木門前來求助。

外婆對於當不當要讓我承繼她的本事，其實應該一直有著矛盾的猶豫不決。她清楚感知到時代的變化轉換，會使像她這樣的人越發逆途顛撲，不僅生活收入難測不定，甚至她為人施加的幫助蹊徑，也可能漸漸要更加受到社會的鄙視排斥，難免要被逼著面對其他未知的困局。所以，外婆才會仍然猶豫想著該不該要讓我來接班衣缽的反覆態度。但是，外婆又十分確知這能力在自己身上的存有，完全是絕對一絲一毫都不虛假的事實，同時覺得有著什麼使命與責任，應該一定要將香火遞傳下去，因此還是會偶爾露顯出來一絲期待，就是或許盼望我會主動承接她志業的等待。

我自幼這樣隨行在她的身邊，經她日常生活的料理照顧，以及對我精神氣質的細細觀察，應該就是讓她覺得合意稱心，並且又相信我也許是具有特殊慧根的那人，才會這樣對我懷抱著期待的吧！

然而，會這樣認定看好我的資質，也不是無因無由。外婆她說我幼時從小學回來，或是蓄意要躲開有其他人相伴的獨行路徑，就會穿走入偏僻陰暗的巷弄，迂迴著回家的路徑。外婆說我有一次在回家後，忽然對她說：「阿嬤，今天那個老阿公又跟我聊天了呢？」她就問我說誰是老阿公啊？我說就是我每次在井邊的木條凳子上，只要才剛剛一坐下來，就會有一個老阿公的聲音出現來，並且和我說話聊天起來。她就問我說那你們都是在聊著什麼呢？我就說就什麼都可以聊的啊！外婆只是點點頭沒說什麼。我就問外婆誰是那個老阿公啊？還有，為什麼我每次只能聽到他的聲音，卻從來就是看不見他的外貌長相啊？外婆說他並不需要什麼長相啊！我說為什麼他會不需要長相呢？外婆說他可能就是被你正好坐著的那張木凳的精魂，或是長時住在水井裡的某個幽靈啊！他們並不會像我們這樣的人，非得堅持有個什麼長相不可的啊！我就問外婆那他為什麼會要來找我聊天啊？外婆說可能因為只有你聽得到他的聲音，所以他才會愛來找你聊天的啊！

「你是說別人都聽不到老阿公的聲音嗎？」我問著。

「是的，別人通通都聽不到的。」外婆說。

「為什麼呢？」

「沒有為什麼，就是這樣啊！」

外婆還告訴我說，在我當初剛從母親那裡被送來和她共住的時候，她發覺我半夜會爬起床來，自己開門出到屋後面的那片樹林裡，往往一直到黎明天亮前，才會自己又回返來，而且身上沾滿了各種草葉和泥土。她會問我剛才去了哪裡？我就告訴她在前個夜裡我究竟遇到了什麼，譬如看見各式各樣的動物和精靈現身，還會有各色的草木花朵繽紛盛開。然後，我會對外婆說：我每天都會成為他們的其中一種動物或花朵，所以我就可以和他們一起奔跑玩耍，然後還在樹叢下一起睡覺棲息。

「可是，那時候我只是那麼的小，什麼都不會也什麼都不知道，你難道不會擔心我因此出了什麼事情嗎？」我問外婆。

「當然不會，有什麼好擔心的啊！」外婆說。

「可是……我還只是一個那麼小、那麼小的一個小孩子而已呢！」

「這跟你到底小不小並沒有關係，反而是跟你和他們那些精靈，究竟是不是同一類的，比較有關係的啊！如果他們決定接受了你，自然就會照顧你的，而且應該會比我還用心盡責去照顧你的。」外婆說。

「所以你覺得我跟他們是同一類的嗎？」我問。

「是啊，你們本來就是同一類的啊！」外婆說。

「所以他們會照顧我嗎？」我問。

「是啊，他們因此當然會照顧你的啊！」外婆說。

在將近十年與外婆共同的生活，我完全感覺不到她的任何哀怨與憤怒情緒，甚至受到他人近乎凌辱般的對待，她也能夠好像什麼事情都沒有發生那樣的接受下來。我有時會自己想著，外婆她為何會如此甘心情願的被這些人這樣屈辱對待，難道是她有什麼過錯或把柄落在誰人手裡，所以不得不接受這樣的屈辱制約嗎？還是，她有私下在什麼暗處與他人做出協議，只要甘心這樣接受屈辱，她就可以因此在未來換取到什麼獎賞嗎？或者，她其實只是正在默默地為誰人承擔受過，像是奴隸必須命定與心甘情願去一世償還與回報主人的什麼願望，那樣子順從與不可違抗的嗎？

有時候，我甚至覺得外婆雖然已經長久存活在這個世界上，也好像從來沒有真正的存在過。因為支撐著她真正存活在這裡的證明，是完全無法在這人間流傳的軌道裡，可以輕易尋見與證明的。畢竟在我們的這裡，並沒有像她這樣的人啊！也許最後唯一可以對世人訴說作為憑據的，就只是我此刻對於她依舊流動不停的溫熱懷念，也就是我對她永不放棄的懷念，讓她曾經存在這個人間的這件事實，得以載浮載沉的倖存著。

也可以說，外婆她就是那種一世總是在自我犧牲，卻最終並沒有任何人會去特別記憶與感謝她的那一種人。像這樣的人想來其實也完全不少，外婆絕非那個唯一被人間認知有意或無意辜負去的人，並且她對此也絕無任何絲毫怨言，反而覺得平淡也理所當然。

當然，我所以會這樣帶著哀怨心情作陳述的原因，應該就僅僅是我個人某些不平之鳴，以及對外婆不能忘去的懷念記憶吧！

外婆平日會說出來最接近抱怨的一句話，就是：「唉！要是一切的大小事情，都可以簡簡單單、自自然然發生來去，不要那麼複雜囉唆，那該有多麼好啊！」還有，她也會說：「我真的是一個可有可無的人，完全是一個可有可無的人啊，呵呵！因為你自己看就知道，根本我根本連一點點特別的地方，都完全沒有呢，呵呵阿！」

外婆的牙齒幾乎落盡，只有幾只還孤伶伶地掛在她的嘴裡，因此她的吃食都是用垂落的兩頰頻繁鼓動，來幫助她完成這些咬食吞嚥的程序，這與她從來一直愛用有著茉莉花香味的髮油，一起成為我對她形貌與味道的記憶總體。有時我會問起外婆關於她家族與過往的事情，她幾乎都無法清楚說出來，偶而會努力強行捕捉一些完全不可信的故事，用來短暫安慰我對她過往身世的好奇，像是在編織一個搪塞的童話故事那樣，讓人一聽即可戳穿其中的騙局所在。

我也很快知道，外婆對於自己到底是從哪裡來、以及最終會往哪裡去，其實一點都並不在乎，彷彿她自來而且永遠就是一個孤獨的女者。她只關心是否日日可以作完一切被交代的事情，並以負責什麼神聖使命的態度，認真去面對與完成這些日常的大小事情。譬如她去幫傭洗衣的工作，以及她承擔起來養育我的責任，還有她私下為人驅鬼抓藥的法事，這對她都是一樣重要沒有分別的。至於其中有哪些是善事、又有哪些是惡事？外婆完全不能做出區分，她也從來不覺得去區分事情的善惡，究竟有什麼必要的道理。

外婆完全閉口不談善良或者邪惡的事情。至於她提到過的善人，只有她那個應該已經死去的小弟，這也是她唯一敘述得比較完整與可信的家族故事。

她說：「阿名他……阿名他就是我所見過最最善良的人了。」我就問：「這是為什麼呢？你為什麼會覺得他就是那個最最善良的人呢？」她說：「你知道我的弟弟阿名，他從小就和別人都很不一樣，是完完全全的不一樣。因為他自從還在吸母奶的時候，就已經和所有的人都是不一樣的人了。阿名他早就從還不能走路說話的時候，他就可以聽得到荒野傳來的細瑣聲音，還能夠看得見所有模糊難分的飄動影子，完全不用使出任何特別的精神力氣，他就可以聽到和看到這一切的真相呢！」

然後，外婆會掩嘴笑起來，用帶著羞澀的語氣說：「我還要偷偷地告訴你喔，就是那個你的那個阿名舅公，他從剛剛會走路一開始，就拒絕穿著任何的褲子，不管我母給他穿上什麼褲子，一轉眼就會被他自己脫掉的跑去。然後這樣一個人光著屁股在村裡村外遊蕩來去，完全就是誰也不管誰也不理，好像天生就是應該這樣的。然後還不只是這樣，他雖然絕對不穿什麼褲子，可是卻又偏偏非要整天整夜的穿著上衣不可，就算是要洗澡非得脫掉衣服的時候，他也是要大聲哭喊個老半天，好像是誰人要把他的外皮，整個蓄意剝掉去那樣悲戚的呢。哈哈哈……哈哈哈哈！」

外婆說：

阿名是會一直往自己裡面走進去的那種人，他一點都不喜歡過著像我們這樣的生活，他覺得我們只是選擇讓自己一直受苦，並沒有真正的在過著什麼生活。他並不愛去學校，他也沒讀過多少書，但是他卻懂得很多事情，也看得明白清楚我們的心思究竟在哪裡。並沒有什麼人教過他什麼東西技術，他只是從自己長期的孤獨和觀察裡，自然而然地就獲得了這樣的許多知識。

他們都說他是一個病人，我覺得他當然也算是個病人。的確也就因為這樣，他從來不愛與他人溝通說話，又肢體瘦弱顯得怪異，模樣行事和所有人都不一樣，所以他才會被大家這樣說成一個有病的人。但是，阿名當然不是像大家想的那樣簡單膚淺，他也許確實是一個病人，卻不是大家想像中那樣的病人。

阿名曾經親口跟我說過：「阿姐，沒錯，我確確實實是一個生來就有病的人。」我立刻急了說：「阿名，你當然不是什麼有病的人。而且，你千萬不要去管別人，隨便他們愛怎麼故意說這些難聽的話來嫌棄我們，你只要有我在有阿姐我還是在這裡，我絕對就不會讓他們隨便欺負到你的頭上去。你也絕對不必要去擔心什麼事情發生來，我阿姐我一定會幫你一條一條的處理好，一點事情都絕對不會發生來的啊。」阿名他在我說這些話的時刻，並沒有回答辯解什麼，就像每次在我們罕有的爭論時，他總會慣常地羞紅臉低下頭去，讓話語和說法自然終結消失去。

但是，我後來漸漸懂得阿名說他真的是病人的意思。他所說的病人，是那種無論在身體或靈魂上，都有些岔離開我們每天所依賴的這個世界的人。這樣的人其實是能夠飄盪在兩個世界間，也就是可以在生死兩界間，或者說現實與非現實的世界間，以及白日與黑夜的時間裡，自在隨意來回移動漂流的人。因此，阿名反而可以看得見比我們更多的東西，像是那些自另外一個世界漂流過來的碎片和物件，以及它們所意圖傳遞和攜帶的許多零星難解的訊息。阿名他通通可以看得清楚明白這樣子的事情，但是這其實也並不難懂，就像是譬如普通平常的一個人，只要忽然衰頹或得了重病、甚至有過瀕死衰微的經驗，就自然會慢慢趨靠到另外一個世界，像是因為走靠近另一邊的窗戶，因此可以看到聽到一些遠方他處傳來的奇異訊息。

所謂生死並不是大家認知那樣，以為有一條界線劃分開，只要一大腳就可以跨過去，反而像是旅行走路一樣，可以以時間作紀錄的歷程。也許還像是乘坐著一條船從這岸到那岸，不但可以逐漸看見不同的景象，也是必須一尺一尺地划水過去，絕對是可以拿時鐘和布尺來分秒計算，完全核算清楚到底這樣花費的時間與路程，究竟是有多少遠近的。

但是，只有阿名是不需要自己確實去生病，就可以具有真正的病危者，那樣可以自由移動在兩個世界間的能力。所以，如果真要說他是病人也是可以，只是他不是那些人想像的那種病人而已，他是另外一種應該反而會令人羨慕的病人。關於這一切道理，我也是慢慢後來才能逐漸懂得的，因為我年紀大他也有十來歲，所以我一直像一個阿母與阿姐那樣的照護著他，我起初也認為他是一個身體天生脆弱、精神因此有些問題的人，所以我尤其特別要去保護他，絕對不能讓任何人可以隨便去欺負他。但是，到日久後來我也才漸漸地知道，他其實才是真正健康強壯的人，他真的比我所認識的所有人，都還要強壯與堅強，並且有頑強的力量在裡面。

也許，我們其他的人通通才是病人，可是我們總是自以為沒有病，並不斷去四處指責他人是病者。這恰恰就是在證明說，我們其實正罹患著我們口中所說的那個疾病啊！像阿名他是絕對不會這樣去做或者去說別人的，因為從阿名的眼中看起來，這個世界並沒有什麼病人，所有人都是健康正常的啊，所有事情也都是正常應當的啊！所以，我才會說根本只有阿名是健康的，我們其他人都還是病人這樣的話。

阿名從一生出來就知道這些事情，只是他一次也沒有對別人說出來，甚至我一直也以為是我在保護他的人生，並擔待起這樣的嚴肅責任。一直到了現在如今，終於我才知道根本是他一直在幫助我，讓我變成我後來今天的樣子。他不用言說什麼，就為我的人生做了許多安排，包括幫助我判斷一些人生岔路的決定取捨，以及挺身護佑來排除掉一些將臨的危險。甚且，讓我能夠具有一些特別能力智慧，可以來為那些遭受困擾的別人或是我自己，去施加或者排解許多無法理解的煩惱與障礙。

我一直想成為能夠真正護衛阿名的母親與阿姐，卻發覺他根本才是我生命裡的守護菩薩，他一定是從什麼遠方以及他鄉某處的那裡，特地專程過來護持照顧我的人。我知道他就是唯一真正關心我，並且永遠會對我好的那個人，因為只有在阿名他的面前，我的心靈才能夠真正的平靜下來，並感覺得到一種悄然的無聲世界，像黃昏那樣燦爛與安寧地緩步到來，讓我進入真正地回返自己家園的安心狀態。

我的外婆是一個特別的人，她是一個被這個世界遺棄與排除的人，阿名舅公讓她有了與世界連結的因果。因為，外婆的生命雖然從沒有得到任何祝福，但她也因此可以不去受到任何家庭社會、宗教傳統，以及責任義務的限制，反而能夠自由自在地去為善或為惡。外婆甚至不需要任何名字，因為她認為只要被人命名，即是受到不必要的詛咒，是一種被人蓄意的框綁與教化，像是被柵欄包圍起來並編上了號碼的羔羊。外婆她寧可停留在所謂敗壞的外面一切現象裡面，以及那些還等待著被誰救贖的他者遊民間，因此可以沒有負擔自在的移動來去。

基本上，這世上根本無人可以來管理約束她，她也從來不想要被這個人世間，做任何評斷以及規訓，或者最後還去做出什麼記憶或讚賞。

外婆她說：「一個人千萬不要從自己本來應該行走的道路上偏差出去，因為只要這樣一次走歪去，就注定一世的人生會被滅亡敗壞掉了。」她又說：「這個世界上就是所有的好事和壞事，本來就注定要接連不斷出現來，這永遠一直會是這樣的。但是不用特別去擔心，好事情最後總是會比壞事情還要更多一些也更要強一些的，老天爺一定要這樣去分配辦理，人世間才能叫作有理公平的啊。而且，有時候好事和壞事，也會自己私下做出改變和調整，好事因此有時可以變壞事，壞事也可以有時變好事，而且就是因為可以自己這樣分配，天理才可以真正彰顯出來的啊。」

外婆又說：「還有，你千萬要記得，就是不要處處給自己留餘地。像你阿名舅公他就是真正不給自己留餘地的人，完全不像我這樣，所以我才會讓自己現在這樣落到許多麻煩裡，不能像他那樣自由自在的走路到遠處去啊！你要認真記得那些處處留餘地的人，最後就是會什麼餘地都沒有的人啊！」

我屢次問著外婆說：阿名舅公最後去到哪裡？還有他究竟到底發生了什麼？

她總是搖著頭、轉臉望看向遠方去，一句話也不回答，並且眼眶裡有淚水流轉。我有時會自己把這個我從來就沒見過的阿名舅公，和已經消逝出我現實生命外的某個我所曾經愛過的人，放在一起做出聯想併比，想像著我記憶中那名在遠方的所愛者，會不會就是已經早就消失掉的阿名舅公，或者外婆所珍愛的阿名舅公，可不可以就是如今不知何在的你？

不知道為什麼的，我總覺得阿名舅公應該就是一個曾經被我愛過的人，而且我也相信我心底所愛著的那人和阿名舅公，不只是生命印痕必然有些相似類同，我甚至懷疑他們兩人間，必然還有著什麼更直接的生命連結存在。

當我對著遠處的所愛者，用心寫信或喃喃絮語的時候，我有時會在忽然間，錯以為我正在對話的人，會不會其實正是阿名舅公，而根本並不是我以為的無名無所的你呢！因為你們兩個人與我的距離，有時顯得同樣的遙遠難測，有時幾乎又同樣的逼近駭人，彼此面目又是如此相像且不相像，讓我只能永遠惚恍難明。

外婆說：

我並不知道阿名他後來究竟去到哪裡，他只是在一個晚食後，忽然就走向我說：「阿姐，我今晚就要離開了。我真的沒辦法告訴你，我再來要去哪裡，但我知道我馬上要去的地方，就是一個真正的終點，是一個非常美好的地方。而且我今晚就要離開了，就是這樣而已。」我問他：「阿名，你要去哪裡？你要去到的終點，是不是叫作死亡？以及，會不會就是埋葬一切所有事物的那個墳墓啊？」阿名說：「我要去的那個終點，並不是死亡或者墳墓。」他並且立刻睜眼盯望著我，忽然哈哈哈笑了起來，說他反而擔心被他遺留在身後這裡的一切，會不會才反而都會變成我們所有人殘餘僅有的死亡與墳墓。

阿名說：「我比較害怕的是我現在所看到的你們與這一切，最後只剩下一堆墳墓與死亡，而且最後通通只剩下一堆墳墓與死亡了呢！」

對於他的離開，我雖然覺得哀傷，但是從來並不擔心。因為我知道阿名總是會往著好的去處前行，他的本性可以嗅聞得出來善的源頭在哪裡，也懂得如何去迴避一切包飾著智慧與榮耀的惡。

我那時沒有對他說出什麼挽留的話，就只是說：「阿名，我完全都沒有朋友，我有一直想要能夠和你相接近，並且真正交朋友，讓我們兩人變成為最好的朋友，可惜我卻從來沒有真正去做到過。」他沒有回答我的說話，我覺得他好像並沒有真的很在乎這個，他完全沒有在乎我們究竟是不是朋友這件事情。

可是，阿名他這樣突然的離開，讓我感覺到真正的孤獨。那是一種永遠無法填補的孤獨，像是忽然得到一種陌生的疾病，自己卻奇異地並不想要真正痊癒，反而有些想要眷戀在這樣患病的感覺裡面，完全並不想要痊癒康復，但也不知道該怎樣從這種狀態裡面走出來。

對我而言，阿名永遠是一個孩子。因為他的無辜和天真，才讓他這樣不停地一直受苦。也就是這樣，使我對於這一切的現實有清楚認知，讓我只能放手讓他選擇離開去，因為再沒有比看著一個小孩，卻要去承受所有大人無因臨加給他的痛苦，更要讓人心碎難安的了。僅僅只是這樣看著他在生命裡受苦，就讓我覺得好像是自己正在受著同樣的折磨，以及彷彿也正親手在讓人世間其他小孩受苦，那樣讓我充滿了為惡者的罪孽感。

因為，阿名就只是一個孩子，而且就因為我真正看見他的純潔與善良，才會讓我想要去為所有受苦的小孩哭泣受罪。

我所以會這樣說，並不是想藉著這樣的聲張與作為，來得到什麼安慰或稱讚，我只是想要以我自身所感受的痛苦，來分擔那些可能被人間折磨與毀滅的小孩的痛苦，以及真正去承受我所擔心阿名長時的苦痛而已。

因為，阿名很早很早就跟我說過了，他說：「讓任何一個小孩去受苦，都是有罪的。」

我相信阿名其實是要自己去到一個可以讓他再次返回純真小孩模樣的處所。在那裡善事一定遠遠多過惡事，也一定鳥語花香風光明媚，完全不需要也不必讓我再有任何的憂心掛慮。我知道阿名一定會很好的，他只是想要再一次能夠成為一個純真的小孩，就是這樣而已，就只是這樣而已。

我明白外婆對阿名舅公的愛與擔憂。

但是，我的母親後來告訴我關於阿名舅公的事情，說他從來就不是外婆真正的小弟，因為外婆是沒有任何家人的孤兒，她根本是被拋在尼姑庵門口的棄嬰，從小就要念經剃度養大的，是一個完完全全沒有家人的那種人。而阿名這個壞心的男人，則是一個不知從哪裡出現來，將她勾引離開寺院，還最後相約私奔去的少年仔，卻又始亂終棄不見去的無情郎。

母親說：「阿名不是你的舅公，你根本沒有任何什麼舅公的。阿名就是一個始亂終棄的無情郎罷了。」母親冷淡的繼續說著：「他是一個騙子，他把你外婆的一生都毀去了，然後自己完全不負責任的跑掉去。你外婆現在已經老了，頭腦也都昏去了，連好人壞人都分不出來了。我現在跟你說的，都是千真萬確的實話，你一定要來相信我，我現在對你所說一切的話，都是千真萬確的啊。」

又說：「那個叫阿名的男人，根本不是一個善良的人。你一定要來相信我，我現在對你所說一切的話，都是千真萬確的啊。」還有：「我最後要真正告訴你一個我們家的秘密，就是你的外婆根本是一個陰陽難分的人，就是又是男又是女那樣的人，這也就是她為什麼沒法成家跟生小孩的原因。她是受詛咒的那種人，這樣的人都是注定要離開家鄉，注定要被其他人欺凌排斥的。但是，也由於這樣的緣故，她生來就有著一些特異的能力，這是你和我都清楚的事情，這應該就是老天對她的補償，老天對像她這樣不受人間歡迎的人的補償。」

我不知道我究竟該相信誰。

我可以感覺到阿母所說的一切，絕對都是有根據跟實在的話，我也完全不用去查證，就知道應該都不會是假話。但是，我想如果真到了最後最後的那個時刻，我應該還是會選擇去相信外婆的話，因為我喜歡她描述給我聽的阿名舅公這個人。而我所以會這樣決定要去相信誰，並沒有什麼特別的原因，應該就只是因為阿名舅公這個人，讓我覺得溫暖而且善良。並且，我完全相信阿名舅公……阿名舅公他就是我一人獨獨有著的那個舅公，他也絕對是我外婆的親弟弟。然後然後，我從很久很久以前的某個時候起，就一直私下地相信著，相信我與外婆和阿名舅公這樣的三個人，未來一定可以組成一個既善良又美好的家庭。那樣我們三人共有的家庭，就是那種我們從來就一直聽說過、卻從來沒有人真正見到過的那一種既善良又美好的家庭。

因為，我知道外婆真的很愛很愛阿名舅公和我，而且這和她究竟是不是一個陰陽難分的人，以及是不是一個會被他人詛咒的人，一點關係都沒有。

外婆是一個從生來就沒有名字的人，因為她根本就是不需要名字的那種人。

但是我永遠不會忘記她，因為我完全知道永遠再不會有人會像她那樣那樣的愛著我的了。

3. 眼淚

一度我發覺自己其實是個不太流眼淚的人時，忽然感覺到巨大的恐慌。然而，我所以會成為這樣一個顯得無情的人，應該也是歷歷有跡可尋，甚至只要知道我生命故事的人，一定都會表達同情與理解的立場。

但是，我已經不太在乎這種源自他者的支持與諒解，我更好奇的是在我僅有少數流淚的真實經驗裡，所以會發生的原因與動機究竟為何？並且，也自我質疑當時真的會有必要去流淚嗎？我早就不再哀悼與惋惜我的眼淚的乾涸稀少，反而想探知這樣有如荒漠難尋的水液，所以會寄存於我身上的真正原因，以及那水液決定要離我而去的時機，又究竟到底是由來為何？

或者說，對於眼淚我一直心存敬意，尤其對於其源頭與去處同感神奇。但是我同時也鄙視著某種集體悲歡的哭泣與眼淚，尤其是那種宣稱為了他人的不幸，或者藉以贏得他人對自己的尊敬或同情，而蓄意川流出來的眼淚，都是我所全然不屑的。反之，我相信那種真正歸屬於個人本質，並不追隨外在風雨起舞的眼淚，因為那是由內在深處流淌出來，不沾染任何現實目的，也絕對無法被自我或他者控制，有如旭日和風自然而然的來去，完全不可預期也無因無果，才是真正可敬的眼淚。

我立刻可以回想起來的獨自流淚經驗，其實也有不少度次。曾經在我小學的老師中，我私下仰慕著一個年輕英俊的代課老師，他是從北部城市返回來的大學畢業生，據說因為正在待役，因而得到了的些許閒空，就被安排來暫時頂替一位生產去休假的女老師。我對於他所負責教授的所有課程，都莫名激發起一種前所未有的學習熱情，當然這無非是想要贏得他的注意與讚許。而我在這些科目上的成績表現，也確實能夠因此忽然名列前茅，出乎許多人的意料之外。

我努力抑制著自己，不在他面前表露出任何的情感，希望他終於會很自然且不經意地，就注意到我的特殊與出眾。我一直懷抱這樣的願望生活著，有如等待破曉的時刻，得以被清晰聽聞到鳴叫歌聲的鳥雀，興奮地整理著自己的羽毛姿態，預備發出既是和諧也美妙的樂音來。

有一次，我從走廊穿走過去，預備往到操場去參加體育課活動，經過了正在廊道與另外一位女老師談話的兩人。忽然聽到女老師在身後輕聲提到我的名字，並且對男老師做出稱讚，說我這學期的成績忽然進步很多，實在是很值得鼓勵。然後，我聽到年輕的代課老師說：

「是啊，資質確實很不錯、也是長得很好看的小孩啊！只是……怎麼會生在這樣的家庭呢？你看竟然連一條新的乾淨運動短褲都沒有，還會要穿這樣補丁的舊褲子呢！也真的是太可惜了，確實是資質很好的小孩啊。要是可以在正常一點的人家，讓自己有個女孩的樣子啊……。」

我繼續走向豔陽下炙熱的操場，並且在體育老師的哨音吹響後，奮力拔腿的繞著操場奔跑起來。中年體育老師立刻注意到我的專注與意志，完全與其他嘻笑做著敷衍的學生不同，而把目光全然投注在我一人身上。我驕傲地承領這樣似乎暗示著讚美的目光，繼續盡力地向前跑著，同時開始讓此時不斷滾滾流出的眼淚，盡情地與同樣奔流不停的汗水，相互侵擾交織難分。

我拒絕停止繞行操場不停歇的跑步勸阻，最後終於引起了體育老師的驚慌，並且強行制止了我的肢體運動。我隨即產生巨大的身體不適與暈眩，經過不斷的嘔吐後，就被送往保健室治療休息。在那裡，我一直緊閉著嘴，不願意說明這樣偏執行為的原因為何，於是他們決定留我一人躺在床上休息，說：

「下午的課已經通通幫你請假，都可以不用再去上課了，你就在這裡好好的休息，等到放學再自己回家吧。要是可以的話，能好好睡一下恢復元氣，應該是最好不過的。」

但是在那時刻，我拒絕讓自己有任何的休息與睡眠，只是一直繼續睜張著眼，暗自希望年輕的代課老師，終於會忽然啟門出現來，以言語安慰探望我。可是，完全整個下午過去，他都沒有出現來，甚至日後在課堂見到，也沒有問起我關於這件事情的細節。那日不久以後，他就離開學校入伍服役去，據說很快結了婚，我從此再沒有聽聞過他的消息。

我必須承認在我那時初初發育中的身體，其實也孕生著我猶未能明白的慾望與報復情感。從保健室失望回家後，我就意識到年輕代課老師對我的無感與輕蔑，我會在日暮時一人往著他所居住那個多是客家人的街區走去，並且迂迴地環繞著他的居所觀望，期待著他會忽然從窗前閃現，或是突然說話的聲音遠遠響起。

後來，我發覺他們在屋子臨巷弄的夾縫，搭蓋出來一個木板牆的浴間。這件事實立刻激起我更大的慾望想像，並私下彷彿報復般地不斷揣摩著年輕老師洗浴的裸身姿樣。在我屢次藉故穿走過去那個窄巷子的機運裡，終於有一次夜色初初黯下來的黃昏時分，我終於親眼捕捉到了我期待已久的那個真實顯像。

那天黃昏我才一走進只能容身的窄巷，就先聽到間斷沖水落地的聲音，伴隨年輕代課老師愉悅的輕哼歌聲。我慢慢走靠近浴間牆壁、那早被我熟知橫木板條的那個縫隙，安靜把眼臉貼靠上去，看見一盞昏黃小燈泡下，年輕代課老師裸露背臀與大腿軀幹的站立在那裡，他一邊哼著什麼曲調、一邊彎身舀水沖身，身體線條優美隨著洗浴動作展露變化，讓我陷入沉醉般喜悅興奮的情緒裡。

然後，年輕代課老師像是意識到什麼，忽然轉頭望向我的方向，用顯得憤怒的神情說：「誰？是誰在看什麼啊！」我那時奇異地並不驚恐，反而益加堅持地把顏面緊緊貼靠上那個木板縫隙，對決般繼續望著裸露無遮掩的年輕代課老師。他這時似乎有些驚嚇著了，就彎身舀了一杓水，說：「你再看啊，你就再看啊！不要以為我不知道你是誰的！」就把水朝向著我的方向灑落過來，我也立刻拔腿奔跑起來，完全沒有回頭一直跑回到我的家裡。

這個極度短暫、必然立即被眾人遺忘的事件，卻一直迴繞我成長的記憶裡。我每次去回顧思想，都會被自己堅毅固執的態度所驚嚇，詫異著自己竟然是這樣個性的一個人。但我也逐漸明白，對於一個生命在原初就具有的尊嚴，不管根源於有意或無意的作為，所造成的刻痕傷害，可能就是難以彌補的最大傷害，並且必將孕育出某種報復般的作為。可是，我也完全不想去否定那個年輕代課老師，他這樣無因由的突然出現來，畢竟還是改變我在那瞬間的生命，他讓我知道每日可以這樣懷著盼望醒起來，是如何美好與歡欣的一件事。以及更是重要的，那種想要全心全意完成自我，以去取悅特定一個人的意志，又是如何聖潔美好與稀少可貴。

我甚至想著，若是日後還能再次遇見他，即使作為一個女人與已是母親的我，也許還是會想為他生一個孩子吧！這與愛情或婚姻到底是否有無，已經完全無關了，反而更像是想把童年未盡的殘餘美好願望，重新地認真包裝好，並且莊嚴地再次送給對方。

因為我逐漸懂得一個奇怪的事理，就是能夠心甘情願成為另外一個人心靈上的奴隸，不管是信念或肢體，都願意全心去臣服與犧牲，可以被看作是完成自我的一種路徑方式，因此應當得到適切的尊敬。在生命總是難免要蒙受盲昧欺瞞的必然現實裡，依舊能夠這樣做出選擇與付出，願意為他人來蒙難與受苦，絕對是一種珍貴的資質。

所以會這樣想，恰恰就是我發覺所有看似不幸的事物，反而經常是我終於能領受的珍貴禮物。譬如，我這樣童年的流淚記憶，看起來顯得酸楚難堪，卻反而成為我對於命運必然會迴旋難測，完全意外的體悟及接納，甚至藉此自己還獲得某種洗滌覺醒與被原諒的機會。

更重要的，讓我得以能擁有那稀少難尋的流淚經驗呢！

然而，在這樣與私己記憶糾絞難分的時刻，我總是會再一次想到你，並企盼能與你孤獨交語。僅僅就只是這樣想著你，我就有著如同在明晰的日光中，安靜憩息自我身心的鬆弛感受。這寧靜感受有如內在的神秘召喚，總會與不能自抑的洶湧情緒相交織，彷彿因為周遭一切已然陸續崩塌滅絕，我只好一人再回返入到那無人的曠野，以期能來見面尋找你。又因為忘記如何用舊知也共有的語言與你說話，我就只能讓自己盡情失語地放聲吶喊出來，有如嬰兒對著母親不停歇哭泣、那樣聲嘶力竭嚎聲的哀求期盼。

因為，我從來相信哭泣與吶喊，本來就是全然屬於曠野的聲音，都同樣空遼、寂寞與孤單，也無他者可以真正的傾訴與瞭解。而且，從來就習於獨行的曠野，亙古一直息隱不移，只是繼續等待吶喊與哀嚎的終於出現來，彷彿期盼得以有幸聽見那消失已久、從遠方再次被傳送回來，幾乎早被遺忘的回音與訊息。

我知道你時時不忘回首對我咀嚼說話，可是我卻從來不能夠清楚聽見到你。因此，你的話語就變成了一道光芒，有如那只能重複又重複著呼嘯來去的風聲，前後穿梭我的耳畔身邊，等到一切都全然滅絕的時候，才終於止息離去。有某些幸運的時候，我和你得以瞬間交語對話，那時語音總是轟轟雷鳴貫耳，天地都要震撼動容，並且搖晃牆壁裂出縫口，讓細微天光從中乍現出來，因而使我驚喜地見到最初記憶的那道遠方風景。

我不知道是否那樣在遠方的風景，就是我應該去到的處所。而在這同時間，等待著被收割也豐滿成熟的前行道路，依舊在眼前繼續展開鋪設。黎明時刻的幻變光芒，承諾般於遠處再次冉冉升起，有如記憶那樣明彩耀目也安心寧靜，以著歡樂安詳的語音持續召喚著我。是的，我知道在那樣的遠處，所有人只要憑靠著直覺，就可以把萬事萬物安置妥善，絕對沒有任何差錯遲疑，也不需要摩擦爭執存在，天地日夜就能從容地沉睡安息。

同時，大地繼續沉默無語，彷如奴隸被約制聚集時，所顯露空曠無人的永恆寂靜。我相信那便是你等候我的處所，因為只有在攜帶著苦痛拓痕的地方，我們才能真正感知到對彼此的期盼、包容與自由，所以得以懷抱著愛去親吻曾經承諾幸福與悲痛的土地。

每次這樣去想著你，我的眼淚就不能自抑地湧上來。我所以會哀傷，是因為我們只能在黑暗中認識彼此，完全不被允許看見彼此真實的肌膚面容，讓那混雜疑惑與激情的灰黑色澤，成為我對你交織與難分的唯一想像。更讓我們每一次的相逢與交接，都像是命運的撲襲與機運，注定成為失敗刺客的徒然任務，並淪落成荒廢無人路徑上不可復返的逝去記憶。

即令，我們之間從來就有著這樣命運的扣鎖關係，卻也只有讓我更是明白，想要真正去認清你究竟是誰與何在的念頭，原來有如意欲征服那浩瀚大海一樣的徒然與妄想。是的，雖然有著這樣的意圖與嚮往，這一切也都看似優美平靜寬容無際，某種屏障般的不明原因，卻注定使我們的真正相遇，成為永遠不可能完成的一項使命。

關於我對你不斷敘述的愛情，可能從來就沒有真正發生過，未來也絕對不會發生來。因為，我想要對你敘述的一切，必將被無情的記憶專斷吞食，還來不及真正誕生面世，就已經滅亡並隱藏無蹤。我必須以著最初的激情，來重新期待著你的現身，否則我們那倖存如絲如縷的愛情，必然在秋日初臨驟寒北風吹襲下，瞬間即被不知源自何處的黝黑暴風雨，一夕一夜完全擊潰消滅。甚且日後被眾人漠視踐踏，並轉身回來嘲笑咒罵我們，完全不復記憶你我當初的恩愛承諾。

我此刻多麼需要你永恆的溫柔憐惜，藉此來尋求到我的力量根源。但是不知因何緣故，在這最是脆弱的瞬間，我卻忽然無法再繼續忍受你目光的注視，只想躲入那無人可及的寒冷洞穴。我在那裡因冰寒無伴而獨自顫抖，但依舊能夠憑藉對你炙熱與光亮的殘存記憶，而不覺得精神不安與難以忍受。也因此，我注定必永遠無法真正無私地坦露在你面前，即令我仍舊渴望著你永恆憐惜的到臨，因為我覺得你的目光如刀如刺，有如獵鷹與巨鱷的嘴爪，必會在瞬間分食吞噬掉我那已然發出腐臭味道的生命。

那麼，我還殘存著什麼呢？是否唯有我的記憶，可以對抗殘暴的現實呢？

我的記憶一向極端稀少，好像暗夜空無的星空，難能見到任何記號與訊息。

但是，我依舊記得與眼淚相關的幾件事情，並藉以來不時對抗這龐然無邊的黑幕，有如點燃薪柴在懷中取暖的殘喘倖存者。當然，神秘難料劃過我腦海的屢次閃雷，總是驚嚇我的心神與意志，但也同時拯救即將溺斃在黑暗海洋裡的我。

譬如，以下這件與外婆相連結的事情，就是曾經讓我流出眼淚的真實例子。外婆私下隱身閉門暗夜為人作法救病的過程，自然從來不是一帆風順，有一次她佈灑的香灰與符咒，或許忽然錯失天機，竟然醫死了一個小女孩。女孩一家隔日就抬著薄木棺材上門，說要外婆賠出一條命。一向安靜也沉默的外婆竟然慌了，完全不知該怎麼回應，只能領著我一起披戴上麻衣，長跪在烈日曝曬的棺木前，屋前不停歇地叩著頭，同時聽他們各樣名目的辱罵。

我不知道這一切的因果是什麼，但是我很清楚我一直深深地愛著我的外婆，外婆她當然也一定同樣的深深愛著我，我們從來就這樣單純互愛的相依生活著。外婆絕對沒有一絲一毫對他人生命的不憐惜，也誠懇務本想做好所有當做的本分事情，這也是她一直教訓我的事理原則。外婆她聽憑天意天命的舉止行事，像個盡己認真的忠心僕傭，總是用心去聆聽旨意，以追隨那充滿謙卑與愛的呼喚訊息，努力成全一己以外所有其他人的願望心意。

他們最後撤走了棺木，但是卻合力逼迫外婆和我，立刻把行李打包起來搬離村子去，並且用長木條把門窗扣釘起來，要我們連夜就離開那個屋宇。外婆只好帶著我，找回去母親在隔村的居所，並沒有彼此說什麼話語，只是交還我給母親，然後自己一人轉身走了。

那時，我在她身後用帶著怒氣的聲音，喚叫著說：

「阿嬤，阿你……阿你現在是要去哪裡啊？」

她沒有答話繼續走著，我就再喊著：「阿嬤……，阿你到底要去哪裡啊？」

外婆就回頭看著我，遠遠地說：「要乖，要聽話。不要去擔心什麼事情啊！老天有眼，一定會一枝草一點露來顧惜每個人的。我就要去找我自己的小弟了，他一直在等著我的，這個你應該也都知道，我不是老早就和你說過的嗎！你不用擔心我什麼的。要乖，我以後還會來看你的。」

又說：「要乖，要勇敢的去做自己啊！」

一人繼續走了。

就這樣，我看著熟悉的她的背影，一步步消逝在街角的燈影下。

想起來曾經問過外婆的話：「阿嬤，如果惡人出現來，我們該要怎麼辦呢？」外婆看著我的眼睛說：「乖孫子，世界上並沒有什麼惡人的啊！」我就說：「一定有的，這個世界上當然一定有惡人的。」外婆說：「乖孩子，你不要害怕惡人，因為所有的惡，到了最邪惡的極致，也只能回到純潔的狀態。」又說：「而且，像我這樣子活到現在的這個年紀，說真的，也還沒有看過什麼樣的惡事或者惡人，真正可以去危害到誰人的呢！」

我望著空洞無人的街道，就放聲地大哭了起來。

我餘生所以能繼續生活下去的動力，很多部分就是來自這樣斷腸般的苦痛，所屢屢帶給我至今尚不能平息的波盪，以及那日之後陸續臨來的一切生命事蹟，逐日顯露驅之不去的虛空感覺。但是，對我最是刻骨重要的，是我依舊相信外婆那日對我所說的話，就是我一定要安靜等待著外婆與小舅公，他們兩人必在某日一朝的黎明瞬間，會一起回來看視我的。我一定要安靜等待與信守這樣神聖般的相互承諾，直到終於可以實現的美好那日來臨。

因此，之後的日日生命翻轉，對我而言就一點也不再困難。我答應母親把我交付給茶商一家的生命安排，他們也欣然接受我那看似的聰敏與美貌，而我就僅只是殷勤以平凡的勞力，去換取到生活所能允許的些微尊嚴，以及滿足母親想要得到的現實金錢收穫，一切既困難也不困難。然後，我的美貌終於確實成功吸引到了這家兒子的興致，並且經過日後不太值得彰顯的一些小波盪，完成這樁婚嫁底定的事實。

也就是說，此後我就有如那只能長跪在地上喃喃祈禱的婦人，屏息閉目般的過起了生活，同時暗自希望藉著這樣的虔誠態度，能讓自己那具隱晦失途的靈魂，可以繼續無所不在的四處飄蕩，並終於難於再度返回到任何的記憶處所。但是，那聲音同時清晰地告訴我，在未來某一個天日，所有此刻猶然流竄的蒙蔽欺騙，都將不再可能繼續出現，一切都會再度回到最原初的誠實樣貌，一切都會回復到原本該有最初始的純真模樣去的。

是的，我們所以必須要迷路受苦，不就是為了獲得回家重返的喜悅嗎？

這一切的點滴歷程，都快速有如飄去的雲朵，發生在我當時只能嚎啕大哭、睜望著外婆消失去的那日。我不太想再去回憶這些事，這一切過往的出入起落，好像是發生在別人身上的故事，與我此刻的生命沒有任何相干。除了暗夜偶現並劃過我眼前那焚身般的流星，會不時勾引出來我的記憶現身，以及那猶如魂魄般淋漓透明、無可避免的外婆身影，還是會自己屢屢回身探看外，其餘一切生命的過程點滴，我都盡力去忘卻它們。

但是，那些幽微存有也無法忘記的記憶，多半還是和外婆說過的話語有關。有一次，我對她說我剛才看見一個火球，正正地從我眼前飄飛上天消失去，她就立刻拉我一起雙膝著地，對著長空遠處合掌叩頭，喃喃唸著感恩的話語。我問她究竟是怎麼了到底是發生什麼了，外婆說一定是山神剛才正好經過了我們的身邊，山神經過就要合掌迎接和送行。我問外婆說山神為何會走過這裡？外婆說山神的意願為何她也不能知道，但是只要山神經過眼前，我們就要迎接和送行啊！

還有一次，我夢見臉色發白的一個鄰家男童，忽然來找我說：「我以前借給你的那件外套，你到底何時才要還給我啊？」我隔日跟外婆說起，外婆只是咿啊叫了一聲，立刻問我：那你有還給他外套嗎？我說：沒有啊，我並沒有向他借過什麼外套啊！外婆就合掌呢喃菩薩保佑什麼的。當天傍晚，就聽說男童在平交道，竟然被火車颳起來的一陣怪風，突然捲落掃跌下單車，並且就這樣被火車撞死。

外婆說：「這就是他的魂和命，昨晚老早就已經被鉤走了，魂魄昨夜早就在夢裡被人鉤走了。……阿彌陀佛、真是阿彌陀佛菩薩保佑，還好你昨晚沒有答應要把衣服還給他啊！」

我問外婆為何知道這樣多事情，她說並不是她知道，只是有人告訴她而已。我問外婆是誰告訴你這些的呢？為何我就沒有看見這人、也從來沒聽見有人對你說話呢？外婆說看不見的事情很多，聽不到的聲音也還更多，這個沒有什麼好去計較強求的。我說可是我也想和你一樣、我也想和你一樣，可以看得到和聽得到所有的那些一切的事情啊！外婆就撫著我的頭說：「乖，要聽話。我告訴你啊，你千萬不要勉強自己去做什麼，一定要懂得順其自然，一切都有天意在做安排的。……還有，你也絕對不需要去變成像我這樣的人，千萬不要想變成像我這樣的一個人啊！」

其他與眼淚相關連的記憶，我也還有一些記憶殘存，但我不想再多加敘述了。尤其是那些源自於他人所造成的眼淚過程，往往難有任何實質的深刻意義，多半僅僅成為當時的狀態下，某種不得不的應時演出與感觸，時間越久滋味越是無存，完全不能與我及外婆間的流淚經驗相比擬。

因此，若是撇開對外婆的記憶，如今我想來最是能銘心刻骨的流淚，也還是只剩餘著我對於你的思念吧！我老早就清楚的知道，以我這樣一個根本微不足道的人，卻用顯得並無任何因由的熾烈情感來愛戀你，並且對此感情的經過與歷程，從來無處可以去傾吐，也無從得到你的音訊回應，當然注定要吞嚥下那一切必然臨加來的寂寞與孤獨啊。但是，我並不因此心憂，因為我知道所有原本應當要去作為的事情，只有必須不斷透過對你的懷想，以及去猜測你的心意與願望何在，來感覺你的真實存有，並藉此彰顯與榮耀我自己，成全我這一世所以會存在這裡的意義啊！

以及，或許更加妄想地，也想藉此來探知，你對我是否也存有著任何的愛與想念呢？你是否也會對我的生命起伏，偶爾心生憐惜與憂慮呢？你是否也會因為我，而暗自私下流淚呢？

我在無人的時候，經常靜默地流著淚，那樣的感覺並非悲傷、也不是痛苦，更是一種有如日日沐浴潔淨的心靈洗滌方式。我透過許多次類同這樣無聲的流淚，來感覺你的真實存有與持恆溫度，讓我們此刻雖顯斷裂殘缺、卻依舊相依共存的聯繫信念，可以繼續點燃焚燒下去。

我雖然不斷提醒自己，絕對不要設想未來生命去向歸所，但是不免會去想像那一直在等待我的死亡處所，究竟要將我皈依安居在何處？以及，是不是唯有到那一個時刻，所有曾經誕生的純淨與真實，才會有如一件乾淨的新衣裳，重新地披覆到我們的身上，有如只能施加給新嫁娘的潔淨恩寵，終會瞬間進入你我靈魂深處的居室嗎？

還有還有，你是否會因為我的再度潔淨如嬰孩，就願意全心地重新接納這樣的我，從此不再與我分秒做分離了呢？

我知道你有聽聞到我此刻的話語，我也願意在生活的所有細節裡，洗滌清掃一切存有與掩蓋的污穢骯髒，以尋覓到你從來隱密的答語何在。如果我尚且依舊不能聽聞到你，那必是我猶然不夠乾淨，必是我猶然不夠善良，所以還無法接受那和薰南風的臨身吹拂。我深深知道你的旨意與祝福，必然已經完全為我預備好，並且就要在你所揀選的時刻，有如一陣涼雨臨加我身。一切所以迄今尚未發生，不是你拒絕垂聽我的話語，而是我尚且不能聽懂你所言說的那種方言，不能明白你話語的旨意，讓我有如聾啞者般自我失語並迷失方向，才一直不能辨識你所要傳達的訊息為何啊！

我也明白，無論如何努力去追求與挽回，總還是要睜眼看著那些美好的過往事物，注定逐漸消失離我遠去。同時，這一切是如此地必然與決絕，就有如淚水的流逝奔落，永遠不會復返、不會再次復返的，一如所有最美好的記憶，都必然不可追悼緬懷一樣。

也許，這就是你一直要對我說的話語、以及內在旨意？

4. 懷疑

我所以會對你傾吐這一切，是想要結束長期以來，我與你之間似乎漫無交集的過往對話。因為，僅僅是這樣面對你談起我自己，已經讓我覺得極端的疲倦與不安，也同時心生膽怯。但是，這並不是我想要終止這一切對話的原因，我其實真正擔心與害怕的，是我對你是否真實存有於人世間的內在懷疑，一直不能真正得到化解。像這樣揮之不去的疑慮，不但不能在我們書信溝通與對話過程，獲得寬心的答案與消除，反而日漸增長巨大，讓我終日惴惴難安。

尤其，對於你的意志究竟何在何往，我一直不能確實明白掌握，也尋找不到可以安心依循的路徑。我不知道這是因為我的資質天生盲目笨拙，或是因我暗自心生懷疑而不能視見，所以才會導致一切如此結果。在這樣時日的往返過程裡，我不斷透過自己身上各樣罪行惡意的萌芽與顯現，逐漸見識到人世間更加繽紛的各種惡的放大多彩樣貌，終於深深感覺到恐懼害怕，明白生命處境的扣鎖環繞與不可逃躲。

當然，除了這些原因之外，我個性本質自來不能與他人和睦成群，因而顯得特別的孤僻與難以溝通。正就是這樣一切，讓我不得不選擇與世人維持遠眺隔離，彷彿不願輕易踏足人間現實，因此更是覺得有些羞愧不安。儘管如此，我的關切卻從來沒有真正停留於此，反而我對於你自身依舊有著好奇的困惑，這也是迄今我仍然不能夠知道、或者清楚明白的一件事，那就是：你的意志究竟是何從何往？還有，你那本當無邊無際的愛，又是如何揀選對象與發送出去的呢？

以及，你的步履究竟終於是要往去何方？

最近，我有時會忽然想著飢餓這件事情。我曾經在成長過程，不得不經歷了無數次的飢餓過程，也確實懂得如何在忍耐與求乞間，拿捏維繫住那微妙的自尊平衡。譬如，我必須在這裡以帶著羞愧的追憶語音，對你承認我如何曾經在空腹挨餓三個日夜之後，依舊露著欣然態度與前來求歡的男子交纏愛戀，並且在其中的某一時刻，幾乎忘卻我此刻飢餓的事實。

我甚至習慣於告訴自己，所有苦痛都只是源於自身幻想，必須要專注去凝看這有如幻象的苦痛疤痕，有如注視本是荒瘠土地上的刻痕軌跡，相信終於能見到綻放豔麗玫瑰花園的曾經現身。苦痛本是無法與信仰對抗，尤其不要去過度計算自己究竟注視了苦痛多久時日，因為苦痛最終必然會隨著幻象一起消失去的。就如同你在過往所屢屢告誡我：苦痛只是夜黯浮現的雲霧幻象，終會在日光升起時化去無蹤。

因而，我也一直用蜂擁不絕的內在幻想，來安慰與欺騙著這樣自困的苦痛，再讓幻象伴隨著苦痛一起離去。有如以一件珍愛的稀有物，去交換抵銷一件可能襲來的災難，是一種殉葬與犧牲的態度。或許，這也可以視作為和諧美妙的共舞姿態，一種並生共存的必然現實。就如同某一本我閱讀的書裡，某人顯得更殘忍的說法：幻想曾經是餵養我們得以健壯的甜美食物，卻也是最後轉身吞食我們，用來果腹自己的那頭怪獸以及毒液。

有時候，我深深覺得若是想要掩蓋自己的不幸，似乎就只剩下說謊與欺騙的途徑，已然別無他法可以去依循行走。而且，這態度儘管顯得有些悲哀與失望，也許正就是最後的事實所在。也就是說，徹底認知幻想與苦痛的關係，本是我們得以認識到自己究竟何在，讓自己得以容身於這個世界，那最後僅存的方法。

對於我完全並不陌生的說謊與欺騙，我知道確實具有一些神妙的現實功能，譬如能讓原本膽怯或脆弱的靈魂，因此忽然變得壯大、凝重與尊嚴，還可以藉此清晰感知到生命觸鬚的存有，以及那些毒素與惡意究竟隱身何處。甚至，還得以體會到那忽然凌空失足的感受，那種介於漂浮與墜落間難分難解的狀態，並因此學習到如何成為一個真正卑微低賤的人。

只是，這樣攜帶著膽怯與欺騙的軟弱心靈，以及這樣無可選擇的人生行徑，到底曾經錯在何處，必須總是受到各方施加的懲罰與譴責呢？難道，就因為心靈感受到自身的軟弱，卻又膽怯於自身具有的羞慚本性，因而不敢去領受本當擁有的恩寵，甚至反而必須受到他者的譴責嗎？況且，其實不管最終究竟是得到懲罰或恩寵，我並不真的覺得在乎，因為我從來渴望的就只是信念，而不是你所不斷承諾的任何蜜糖奇蹟。相對於美好奇蹟的引人耳目效果，信念似乎顯得飄渺難辨，也無有什麼可以引人的動機。可是，若是拿來與奇蹟得以譁眾取寵的效果相比，信念不但因為擁有絕對的孤單，而顯得出純粹獨立與可靠真實。因為真正的信念，可以無視命運與精神所面對的現實狀態，彷彿獨自漫步在長空中，隨時可以輕盈一躍就越過人間現實，更因為完全沒有任何私己目的，而能徹底固執無悔的堅持到底。

還有，究竟有沒有人可以告訴我，到底是先有謊言才有真理，還是先有真理才有謊言的呢？謊言與真理的關係，是必然要相生相滅、或者是共生共成的嗎？謊言會是孕生真理的那個無名生母，並最後卻被棄絕鄙夷所成為的遊蕩棄婦嗎？否則，二者間從來如此的黏膩離捨，其中的道理與隱喻，又究竟是什麼？

或許，苦痛一如謊言，應該就是如同飢餓感，只是一種短暫的現象，不可能會永遠存在，當然更絕對無法與具有本質意義的意志，做出在時間上的相對抗。但是，若是想將這樣苦痛的現象消除去，就有如想把那些寓居隱躲的撒謊魔鬼，徹底成功驅除離開我們的軀體，絕不會是件容易的工作。對於所有惡意存在現象的驅趕化解，乍看之下似乎會以為藉此已經完全解決所有問題，但是最終還是要發現那些被驅遠離的魔鬼，必然又會再度返回來，這只是永遠反覆與徒勞無功的宿命舉動。

這樣的意圖與目的，本就是一種自我吞食的作為，也是必會來回重複的擺盪過程。因此，對於路徑與終點的辨識區別，就尤其顯得重要了。也就是行走時所遭逢的岔途所在，我們要敢於自我明白與面對，並認知原來這一切都僅只是路途，還不是最關鍵的終點，因此並沒有所謂的取捨對錯，畢竟這根本並非我們人人所期待的真正終點啊。

恰恰就如月亮圓缺輪迴過程，每次開始陰陽轉換時，總是先從這角落的微明起始，接著全然消失黑暗無蹤，再從另一個角落，重新出現微微復明，彼此做著呼喚與隱躲。有如生命自身在意志與苦痛間，永遠這樣循迴擺盪，也好比月亮在這三日的明暗轉換裡，所不斷展露殘缺的自我本質。然而，對於孤懸高空的月亮而言，也許沒有什麼瞬間的時刻，可以被稱作開始或是結束，所有看似斷裂分離的殘缺，最終還是歸回到未知的整體輪迴，一起成就出來那無人可知的所謂永恆狀態。

我選擇一直在孤獨中生活，並且將一切叩敲的善意與同情拒絕於門牆之外，因為在我的隱藏內裡，從來就焚燒著一股不屈的力量，使我各樣的行事與作為，有時類同逆行叛徒，難以被他人理解與駕馭。而且在這同樣的時間裡，即令有時寒冷孤寂難耐，我依舊能夠感覺得到，從你那瘦瘠的身體內部，不斷燃燒與散發出來神聖火焰的溫暖。那焚燒的光彩是如此燦爛奪目，使我幾乎無法忍受你目光餘波的瞻視，只能有如隱躲的羞慚仰慕者，堅毅定目在暗裡看視你，流連你影子遺留在地上的跡痕，不敢妄想與你目光做交視直流。

你一直具有隱而不露的謙遜美德，有如月亮總是故意避開太陽，像是自來就誕生在黑暗裡，讓我覺得你的內蘊光華，因此更是完美與圓潤。若是一定要逼迫自己去想像不完美的你，就像是在一首優美的鋼琴曲裡，意圖聆聽到那已臻完美的鋼琴家，會忽然彈錯的一個音符，所同樣抱持著已存的惡意，而這必是會讓我難以想像，而且深感痛苦的一種折磨。

我對你內在隱藏神聖的寬廣，雖然依舊一無所知，但我願意對你承認我曾經犯過的所有過錯，並且堅持不為它們找尋藉口。我有時會忽然地領悟明白，自己正是那永遠不能結出果子的花朵，可是又不知為何地，只能選擇一直怒放自己的肉體身軀如花，妄想要取悅所有經過我身邊的陌生生靈。並且，每次我只要想到自己這樣不可改變、有如命運般的存活事實，就覺得肝腸寸斷地陷入深重的哀傷。我當然知道我所以能夠安然生存到如今，尚且還沒有受到那些惡靈的真正侵擾，正是因為我一直停據依靠在你身邊的緣故，有如躲避港灣的小舟，或是在巨樹下遮擋風雨的幼鹿，讓我身心不自覺一直蒙受著你的庇佑與保護。

我完全明白自己是如何幸運與恩寵臨身，我已經無法再向你要求任何更多的施恩。我現在唯一還能試圖企求的，就只是讓我從此在塵世人間，成為一個不再去違抗命運的人，讓自己永遠孤獨無依、立在那不斷渴切呼號的荒地土丘，繼續發出永遠無人可以聽聞、那懲罰般的哭泣哀嚎吧！

因為，除了承受這樣孤獨的姿勢與命運外，我究竟還有什麼可以求取，還有什麼可以慾望的呢？

是的，我必須在這裡向你承認，不斷寫信給你的人就是我。我一開始就沒有期待你的回信，因為對我而言，能夠確知你會在遠方接收到我寄出的信函，並且耐心閱讀我對你傾吐的話語，已經讓我覺得心滿意足了。我向你投射我的夢想、意念與怨言，目的並不在於期待你來履行其中的不足，我覺得我只是需要你這樣角色的存在，好像一座可以讓我盡情吶喊的遠方山谷，或是可以隨時沉潛入內的汪洋大海。

我需要的正就是你的存在與靜默，那是可以聆聽我所有話語的大山與海洋，也是可以錨定好我究竟是誰的源處。

同時，我已經預感到我的即將遠離你，更明白對你書寫一封告別信件的必要。

但是又感覺似乎還是欠缺你一筆巨大的債務，那是我過往不斷從你身上索取來的愛與支持，當然你也許沒有意識到這件事的發生，也絕對不會想要我的任何回報償還。無論如何，我還是必須徹底明白與自我告誡，不再可以繼續向你需索這些理所當然的恩賜，我必須要開始從我的自身與內裡，發掘出另外隱埋的愛與信仰，以尋找到我得以獨行遠走的力量源頭，而不至於永遠這樣依賴仰靠著你。

因為，我相信一切的美德與善行，都是源自純淨也赤裸的本我現實，不應該也無從依賴他者他物，即令是無瑕純美的你。

在我坎坷也顛簸的生命回顧中，我見到過許多能夠以著無私的愛，認真散佈美德與善行的人，我還親身領受過無數次這樣的慈愛施加。但是，人間並不全然總是如此美好，因為我們都完全知道，即令是人與動物看似互不能相歸屬的差異關係裡，有時卻會見到彼此的行為舉止，又是如此相仿無異。譬如說在那些難辨彼此的雞群中，因受傷而微微顯露出殘敗姿態的雞，往往會自然而然也無任何人授意地，就成為整體雞群意想去撲襲攻擊的對象，甚至就淪為一隻無辜的犧牲品，而這樣類同的情節事實，在人間其實也是屢屢可見的啊！

看似並沒有任何明確旨意的牽引指導，卻又有如密謀般縝密的壓迫與攻擊，依舊在我們身邊四處湧現，這與人間對於慈愛施加的期待，有時會令我張口結舌眼昏難辨。因為，這事件的真正殘酷所在，就是為何牠們會把那一隻受傷的雞隻，忽然從原本所熟識的同伴身分，瞬間轉成不相干的異己者，並做出致命的攻擊？那樣殘酷無情的對待行徑，竟然是經由原本的所愛者與非所愛者，彼此角色並無因由的瞬間轉變，而且迅速有如閃雷般的過眼穿耳，完全令人恐懼也寒顫，令人因此心生恐懼與寒顫啊！

也許，類似這樣事實的發生，早已經無關對錯善惡，就只是強大群體的存在，本來便具有對於弱小落單者的惡意本能，這是早就注定與自然而然的生命事實。我們也早該如同其他動物般，學習冷淡地接受這樣存在的必然，維持無從介入與不以話語去置評否定的態度。

但是，我雖然這樣去拒絕你邀請我隨行你的軌跡，我其實意圖要拒絕迴避的，並不是你那依舊溫暖如爐火的愛，而是想斷絕掉我與你連結的那座橋樑，讓我們不再能輕易尋見或對話彼此。雖然，我從來不能確認對話的橋樑何在，但卻深深明白這樣事物的存在某處，讓我們因此無法自在移轉開注視彼此的方向。橋樑的存在雖然讓我得以跨越許多深淵鴻溝，但也造成日後長久對我的隱藏傷害，因為我想像著自己就是那終於必須要失所離家的浪子，你的一切溫熱晚餐與鬆軟被褥的安排，都必須被我斷然的棄絕，否則我將難於真正轉身離家，也難以擁有他日疲憊返家的重生喜悅啊。

我知道我要更加熱愛真實人間的一切，多於熱愛難以辨識的你的存在。而且我必須承認，在我這樣和你接觸的過往經驗裡，不但完全沒有讓我感覺到生命真實的脈動，反而更是往往讓我會心生擔憂懷疑，以為自己是否不自覺地、其實正在反向的遠離現實，甚至有著這一切的言行舉動，都已經不再是真正的現實，那樣無措的自我慌亂情緒。

但是，我也必須承認與你接觸的過程，同時充滿了甜蜜的滋味。我因此明白，關於我們應當如何接觸彼此的各種方法模式，其實一點也並不重要，真正有無的存在關鍵，只是我們內在意圖連結的願望，到底有沒有真正建立起來。也就是說，我選擇這樣來遠離你，必然也會失去與你已有的接觸管道，以及斷絕我們既定的對話途徑。但是，我絲毫不會因此心生擔憂，因為我知道就算我們經過了時空的久別遠離，當我重新能再次見面到你時，我只要能聽見你的話語聲音響起，必然可以完全分秒不差接軌回去曾經存有的美好甜蜜狀態，所有的記憶也會隨後循序歸返的再現眼前。

記憶的意義與存在，只是為了我們再度重逢彼此時，可以親眼見證這樣美好的過往存在，如何能在過眼瞬間的分秒裡，重新得到迸發與綻放。畢竟記憶終究是為了再現與重履而存，而非我們總是要固執以為的，只能是哀悼與感傷的墓碑墳土啊！

我所以選擇以書信的方式，來對你陳述我這一向的內心想法，是因為我決定不想再繼續對你說謊，也害怕會在不自覺間，淪入到以謊言掩蓋事實的習有狀態。如果我現在對你說我根本從來不需要你的愛，而且我完全可以在沒有你愛的臨加狀態下，依舊繼續地生活與呼吸如常，你會不會因此生氣發怒？會不會因此想要懲罰並且報復我呢？

過往由於我個性的怯懦，讓我的身心一直有著重大的軟弱缺陷，也使得我在塵世間，幾乎別無家園可以棲居，只能獨自離群的躊躇徬徨。而你對我無私的愛，一直有如飽滿的陽光、普照我心靈每一個陰暗角落，讓我與這個人世間得以繼續以著信心維持聯繫溝通，讓我能心安沉著如常生活。所以這樣的我，有如正飽曬日光的寬廣土地，那樣子天經地義的坦然與自在。

你問我說如果在分離了你以後，我究竟還可以去往到哪裡？以及，我能夠在沒有自己或你存在的家園裡，依舊如常的生活下去嗎？我猜想我想要尋索的去處，是那個我還不知何在的家園。然而，我雖然尚且不能確知它終於會隱落在哪裡，卻也十分的確信，我只要啟步向著那片荒野走去，那個我最終必將身屬的家園，自然會顯現在道路的終點。

關於我一直尋覓的這個家園，我也無意去神話與歌頌它的縹緲離奇，因為我現在相信整個宇宙的自身，以及與宇宙相關互動的過去、現在與未來，最終都會引導我去往那個真正的安身家園。我也堅定相信唯有在宇宙與我們所有人之間，能夠重新建立起默契的和諧關係，消逝已久的聖潔與光華，以及日日期待的完美和樂家園，才會真正重返我們身邊。

我不知道在日久未來，當時光真正久遠以後，我是否還會和你繼續這樣再次通話訊息。我並完全不知道這樣顯得簡單的分離舉動，最終對你我二人究竟會有什麼影響？我選擇這樣與你分離，也希望這樣因離異而生的彼此苦痛，最終全部由我一人來承擔接受，而你應當要依舊平靜安樂如昔。就如同你在過往曾經教導我的，我們一定要學習懂得把所有的災難，都當成為審美的一種離世思索，千萬不要總是停留在災難呈顯的表象現實裡，讓自己過度沉湎在哀痛的情緒中，甚至忘卻了在所有災難的腐爛內裡，都可能隱隱散發出來那最是醉人的芳香。

同時，我們一定要理解與相信，所有真正的預言與祝福，都只能誕生在全然黑暗的無人夜晚，不可能有如此刻人間的知識與學問，那般沒有目的的生養繁殖，以及必須那樣深深仰賴著刺目的白晝光照與溫暖。

我還同時堅定的相信，恰恰如同人世間的萬事與萬物，我們都有著各自所以存在的本質與意義，也因此我與你所以會相遇與分離，才能有其不可替代與必然的使命意義。我其實一直暗自希望著，也許在遙遠的未來與他日，我們能來得及一起去養育一個孩子，讓這個孩子在日後長大茁壯時，可以明白我們所以會這樣對話的意涵及必要，以及因此終於讓我們共同養育的孩子，也懂得我們彼此為何分離的不可避免，這樣事實的所以日常與根本必然吧。

甚至，更可以讓我們所愛的這個孩子，藉此看見我們在各自身上留下的記憶印痕，也就是那些彷彿一邊露著微笑、一邊閃耀著銀色光輝的所有過往傷痕切口，這才是最真切屬於我們的共有記憶啊。唯有這樣能不斷閃耀著銀色光輝的傷口，才可以完全無懼也真切的自在張嘴，訴說出來我們之間的一切故事點滴。

這一切是如此地難以言明話盡，讓我忽然只想再度回返到最初的沉默狀態。我知道只有在全然地息目閉嘴之後，那些隱身話語的流動與溝通，才能真正無懼開展來，此外的一切全是影子與幻覺。所以，我只能如此與你告別，用彼此熟悉的手勢與雜亂的幾封信，來期望我所嚮往那無聲交流的終將啟動。

我也希望你能記得，我永遠會向你身上的一切，也是我自來就期盼與尊敬、卻總是隱而不見的愛，致上永恆的敬意與懷念。

訊息2：萬年大樓

傍晚的時候，忽然傳來一個不明的手機訊息，上面顯得簡短卻熟悉的字句，讓我整個心神立刻不安起來。

這其實是兩則分開來的訊息，第一則寫著：「晚上有空見面嗎？老地方還有老時間喔？……想你。」我就想起來那個久遠的男人。會是他嗎？怎麼可能呢？都已經這樣古早以前了，而且我也不再是那個年輕癡傻的女子，早該彼此都忘記去這一切的吧。可是，那男人在我耳畔說話的呼氣感覺，就立刻又迴繞籠罩住我，讓我渾身忽然濕黏難受起來。

第二則訊息寫著：「吾愛，今夜不見不散喔！」

之前，我們總是約在西門町深處的萬年大樓相會。通常我到抵的時候，會先見到他戴著那一頂已經滲出毛邊的棒球帽、埋頭專注地玩著夾娃娃機。我就立在一旁看他以彷彿沒有察覺我已然到達的神色，繼續單手操弄著手中的把手，而我像是什麼不相干路人一樣的觀看著他。

他有時徒勞無功失敗無成，就會搥打晃動顯得脆弱的玻璃箱體，像是在發洩什麼怨怒情緒，然後轉身對我微微一笑，說：「阿，你已經到了喔。走吧，今天什麼都沒抓到，走吧。」大半的時候，他總能抵著得意驕傲的勝利者笑容，不說什麼遞過來一隻今夜的獵獲物，讓我滿足抱住這只毛茸茸的玩物，微微興奮對他道謝。

我通常會再一次問他為何不換頂新的棒球帽：「又不是沒給你買新的，這頂已經又舊又髒，而且還起毛邊了呢！」他就轉頭看向另一側，迴避我的目光，說：「這一頂是永遠不會換的，我是永遠絕對不會丟掉去這一頂帽子的。」我就說：「可是這一個職棒隊早就解散了，大家根本都嫌棄他們那時打假球賭博的騙局，現在也沒有誰還記得他們是誰的啊！」他就說：「別人到底要不要去忘記掉誰，根本是那些人他家自己的事情，懂嗎？而且，反正我是絕對不會去忘記這支球隊的，這樣就好了。」然後，顯得認真地對我說：「懂嗎，這樣子你懂了明白了嗎？」我就點點頭，不再說話。

我所以會這樣反覆問這個讓他不舒服的問題，現在想來只是根本想聽他必然固定的答話。這樣帶著霸氣的答語，總會讓我覺得心安，因此相信他是真正深情、不會輕易變心的那種男人。

我們通常就隨意穿走入萬年大樓的人群裡，有時走下去地下室吃一點東西，有時我也會買一些衣物用品，讓他像情人一樣的驕寵著我。然後，再一起走去到隔鄰那個巷子裡、我們固定會去的小旅館，痛快做愛廝殺一場，再各自回去自己的人生。

今晚從捷運站走出來時，我忽然有些認不出來怎樣走過去萬年大樓。這條路我以前閉著眼睛也會走的，現在卻覺得既是陌生又有些膽怯起來，連那些在身邊川流不停的各色人群，都顯得離奇的遙遠詭異。我立在街頭轉角處，告訴自己說畢竟我也已經許多年沒有進來過西門町，會忽然這樣覺得認不出來這一切，也是應該合理的吧。

剛才在捷運裡，我不斷回想著最初我為何會與這男人陷入這樣的戀情關係，更何況又知道他根本是已婚有家室的人了。我記得我過往並沒有真的愛上過他，甚且原本也沒有絲毫對於他的肢體，具有什麼特別感覺的慾望。這一切可以重新回去敘述到我們年輕的歲月生活，包括大學暑假那次和他去到南部海邊的事情，以及當時還最後弄到不歡而散，然後我決定獨自暗夜離去的記憶，也都還鮮明地留存在我的腦海裡。

但是，即令當時我並沒有對他有心動的感覺，現在想來，我的確一直相信他是愛著我的，這樣堅定的自我信念，不知為何一直牢牢固守在我的意念裡。譬如那夜離去海邊旅館後，我悄然搭乘上夜巴士，要去鄰近的城市轉換火車回台北，沒想到在進入到那城市的火車站時，竟然見到他出現來。我詫異問說你怎麼會在這裡？他說一知道我單獨離開海邊的旅館，就擔心急忙搭計程車跟出來，怕一人在這樣深夜裡的我會出什麼差錯。然後，他就遞過來一張買好的對號車票，以及一袋宵夜零食，說：「上車先吃點東西，就好好睡一下吧！」

沒等我說什麼，自己轉身消逝入黑夜裡。

我並沒有因此改變我從來對他平靜無波的心意和感覺，日後也聽說他承繼了家族所擁有的那座海邊旅館，並且娶了長輩安排的家鄉女子，過起了一如所有人預料的正當人生。後來會再遇見他，並且發生這樣連串下來的事情，應該是我們兩人都無法預料得到的狀態，也是沒有人希望的結果吧。

我問了幾個人，終於找到顯得斑剝滄桑的萬年大樓。走進依舊狹小的入口，完全沒有以前擁擠時必須相互擦身的熱鬧景況，當時置放在入口邊的夾娃娃機，也完全沒有蹤影。我看了一下手錶，已經過了我們通常相約的時間，而且我根本不認為他會出現來，這並不是他慣有的行事風格。

至於，手機今日為何會忽然出現這二則訊息，我並不完全清楚，也沒有想要真的去弄明白究竟的意願。

現在一樓大半是販賣手機搭配物的小店，有一些打扮特別妖嬌的女人，偶爾快步地穿走過去。我沒有思考就跨上電扶梯，心裡其實完全不知道要去往哪裡，想起來最後一次見面的情形，是走出小旅館時，他忽然轉頭說：「我們可能暫時不要再見面了。」我有些詫異不明，就回問他說：「為什麼呢？」他說：「我正在治療復健身體，醫生說最好暫時不要再去做這樣的事情。」我問：「不要做什麼事情？……還有，你是在治療什麼，我怎麼沒有聽你說起來過？」他說：「是在治療性冷感，醫生說我有性冷感的問題。」我說：「什麼？」他說：「這也是我妻堅持要我去檢查並且治療的。」我說：「她為什麼會這樣說呢？」他說：「是因為我和她一直沒有辦法有小孩啊。」

他忽然對我這樣說起來的性冷感，日後確實困擾我很久，讓我一直無法真正明白，他所要說的究竟是什麼。甚至逐漸懷疑起來，會不會其實是在暗示我身體所具有的什麼不足處，還是他只是厭倦了兩人的這種關係。我們的私下互動戀情，確實有日漸冷卻淡去的情況，這完全並不是他在擔心妻子可能發覺什麼，更應該是兩人間肢體誘因的喪失，造成性致滑落的自然結果吧！

連續轉換著電扶梯的樓層時，我想起來這裡曾經有過的那座冰宮，但是已經想不起來究竟是在五樓還是六樓？就決定迅速跨離開岔走出去，隨意轉進迷宮的長廊裡。在這個樓層的走道兩側，都是隔成小間的店面，幾乎有一半是歇業狀態，幾盞走道的日光燈不停跳閃著，好像隨時就要黯滅去。

我看到一家西藥房，門口貼著「專治性冷感不舉」紅色貼紙，心裡浮現一些意外的感覺，猶豫著我還是走了進去。玻璃櫃後面是一個迷人的少婦，她微笑地看著我，好像等著我開口問她些什麼，我有些遲疑不安，就跟她說我可以先隨便看看嗎？她說當然沒有問題。她倒了一杯熱茶，說你先坐下來慢慢的看不用急，可以先喝幾口茶水，這是我們家自己種的茶不錯的。我說很早以前我常來這裡逛，怎麼不記得有你們這一家西藥房？她說這是夫家開的，他們以前本來是在這裡開老茶葉鋪，不知道你有沒有印象，是後來做不下去了，才改成現在的西藥房。

我看著這個美麗的少婦，驚訝地想起來那個男人在決定要彼此分手的那夜，做愛完事後裸身躺在旅館床上，忽然向我提到他幼時家鄉一個茶葉鋪的美麗女子，一日就拋棄夫家私奔遠去的記憶。我當時完全不能明白他講起這個記憶的用意，現在又聽到眼前少婦這樣敘述彷彿同樣的一個故事，我就忽然有著那個男人或將再次出現眼前，並且要重新投影重播我們間共同記憶的預感萌生，立刻就意識到自己的額頭開始冒著汗。

美麗女子此時為我再次斟滿熱茶，我也舒緩下來一直有些過於緊繃的情緒，並且試著自己想像是否曾經進來過這家茶葉鋪的記憶。我不知道自己為何會這樣走入這些不相干神秘女子的故事裡，讓自己忽然又陷入今夜這樣不可控制的身心狀態，甚至有著我將被這幾個故事或者那男人再度附身的恐懼。

少婦依舊微笑望著我，好像完全預備好我即將啟口的說話。

我說：我想要稱呼你為神秘女子，可以嗎？因為從我第一眼看見你，就明白已經走進去我的某一段記憶，並且遇見我所知道那位神秘難測、有著離奇命運的女子。我不知道這是否是誰人的意圖安排，讓我不自覺地一步步循著這樣的人生拼圖前進，我也不知道這樣作為的最終原因與目的究竟為何。我有時覺得是某人選擇要依附上我的生命體，這是一切所以會這樣發生來的真正原因與源頭。所以，今晚從我第一眼看見到你，就覺得十分的詫異不安，因為你彷彿是讓人無法判定究竟存在哪個時空的神秘女子，對我而言，你就有如拒絕在此刻現實裡真正落足著地的女子。

神秘女子說：我不知道你究竟是誰，以及為何會今夜這樣出現在我的眼前？但是，我確實感覺到你像是預備好話語的使者，今夜要來對我說出我生命的故事，這讓我對你不免有些敬畏的感覺。你當然可以稱呼我神秘女子，因為對我而言，人人都是一個神秘女子。

我說：你說得沒有錯，所有世間的神秘女子，最後也許都只是同樣一人。

神秘女子說：所以，你已經知道我的過往生命有如散沙般的殘缺碎片，而且我的未來是沒有承諾的坎坷路途了嗎？

我說：你的模樣與姿態，確實讓我想起來我姑母交給我的筆記本裡，所描述一個有著剛烈性情，卻總是會讓人弄不明白來龍去脈的神秘女子。她的存在一直困擾著我。也許今天我所以會必須要認識你，就是為了讓我終於能真正弄明白，那個神秘女子究竟想對世界吐露出什麼話語來。

神秘女子說：所以，你是在找尋你姑母筆記本裡的那個女人？

我說：也許吧。

神秘女子說：我以為你只是單純來尋求什麼疾病的解藥而已。

我說：這樣說也是沒錯。你能為我醫療治病嗎？

神秘女子說：當然。這就是我日日的工作，也是我賴以營生的存活方式啊。

我說：我確實擔心我也許有著難於啟口的性冷感隱疾。

神秘女子說：許多上門來求醫的人，都是為了憂慮這個疾病而來的。

我說：我的前情人曾經以這個理由，來斷絕我們長期的關係。而且，我今夜所以會再次來到這棟大樓，就是因為他今天早先傳來的訊息，要求我再次如過往那樣和他在萬年大樓相約見面。

神秘女子說：可是你並沒有見到他？這兩個訊息聽起來根本像是騙局。

我說：我有時會覺得這座萬年大樓，很像是個永遠走不出去的迷宮。

神秘女子說：是的，萬年大樓就是一座迷宮。

我說：那麼，你是否可以帶我一起離開這個迷宮呢？

神秘女子說：當然可以，這本就是我原本的心意。

我說：那麼，你也想離開這一切嗎？

神秘女子說：我們走吧！

我說：走吧。

我與神秘女子走出萬年大樓的時候，訝異地發現原本擁擠繁忙的街道巷弄，忽然空曠寂靜完全無人。那些店鋪依舊原樣擺設各式貨品在那裡，霓虹招牌以及街燈也仍然閃亮照明，彷彿都在等待著誰人端莊嚴肅的即將到臨。最是令人離奇欣喜的，是月亮這時出現在我們頭頂正上方，用那皎潔明皓的銀色光澤，為我們探照燈般指引著前行的道路。

神秘女子忽然問我：你姑母現在人在哪裡呢？

我說：她已經死了。

神秘女子說：她是患了什麼樣的病？

我說：我不很確定。她留給我的這兩本冊子，應該就是他們當年診斷她症狀的證據。

神秘女子說：那麼，你可以再告訴我多一些關於她的事情嗎？

我說：好的。

我對神秘女子說：

收到姑母寄來的筆記本後，我就在一個微雨的下午，入到陰暗的路角咖啡館，在令我覺得恐懼不安的城市喧囂裡，閱讀起來標誌為「日記」的筆記本。我一邊沉浸於自我的思緒，一邊輕聲唸起男子在手冊中慌亂心情的獨白：「但是，這卻是多麼令人不可思議的事情呢！我對這個神秘女子依舊一無所知，卻竟然會有著這樣思念的念頭出現來。我相信這已然不是對於肉體性愛的眷戀，而更是還有著什麼其他的原因，讓我因此迴繞出來這樣的關心，以及彷如持續在燃燒著的思念。這確實是很不可思議的，難道這都是我的自我欺騙嗎？我只是想用她來填補我一直空虛的匱乏感覺嗎？或者，她真的就是那個被天使所遣派來、真正擁有解開我心靈密碼的神奇者，是命定要來解救我此刻狀態，將我從陷入的困局帶引出來的那位天使嗎？」

在這樣惚恍呢喃的狀態時，我感覺得到姑母、就是我的那個姑母，她就忽然在我對面沙發坐了下來。我有些驚嚇地看著她，姑母確實她確實就像我一貫想像那樣優雅而且樸素，讓我瞬間就辨識出她的出現來。她以著溫暖熟悉、恍如我們從來不曾一刻分離開的眼神望著我，而我雙手只能無助地緊握著膝上的筆記本，完全像個天生的口吃患者，那般命定般陷入失語困頓狀態，根本連一句普通正常的話語，都不能清楚明白的表達出來，只能發出類同阿阿啊啊的空洞語音來。

然後……

姑母說：果然你就真的像他們所講，和我年輕時長得實在真的有夠相像啊！但是我也知道你一定私下有在埋怨我，為何必須這樣去承受一個不相干的他人，所莫名加附在你身上的記憶重擔吧！

我說：阿……其實並沒有什麼重擔的特別感覺啊！

姑母說：是真的嗎？那你……你喜歡看你正在閱讀的這本冊子嗎？

我說：我並不完全理解這筆記本究竟要表達些什麼，我只有感覺到那個男子的不安，而且明明是完全需要也期待著那飄渺的愛，終於能夠到臨自己的一個人，卻一直宣稱著對於愛的沒有任何需求，這讓我非常困惑也非常不喜歡。還有……這一切真的都是你親手寫的嗎？這是你自己的故事嗎？

姑母說：是誰寫的並不重要，反而你到底相不相信這個男子所宣稱的苦痛，是真實的存在那裡，才是更重要的事情。這個故事可以說是我親身的故事，同時也是所有其他隱身者的故事。

我說：真的是這樣的嗎？我可以相信他的真實存在，但是這個人也讓我覺得厭煩，我看得到他的軟弱與自大，一種完全是因為過度自我迷戀，以及無法真實面對內在膽怯，而終於陷入去的迷宮狀態。然後，他為何總是懼怕著愛的到臨、以及愛的終於離去呢？

姑母說：因為他還不能明白愛的本質為何。

我說：我不明白你的意思。

姑母說：愛不應該是辨識與證明的結果，而是必須透過反覆的實踐與學習，也就是要學會純粹對愛做出沉思，讓這樣不間斷的沉思過程，成為我們日常生活的真正核心，愛才可能顯現。

我說：對愛的沉思又是什麼呢？

姑母說：對於愛做出專注沉思，經常會與對不幸的沉思，不自覺地相互連結，因為這二者皆能從沉思獲取力量。

我說：若是終究也不能得到愛，那我們該怎麼辨呢？

姑母說：就讓那不能相遇與結合的愛，永恆地存活在各自的期待中。

我說：所以期待是必要的嗎？

姑母說：期待是一種非常美好的狀態。

我說：可是，愛為何總是令人擔憂與恐懼呢？

姑母說：愛確實是如此的。因此，我們有時必須拒絕所有的愛，因為每一個從遠方發送出來的愛，都可能是一個深淵的入口。

我說：愛一定要如此困難嗎？難道我們在日常生活中，不能簡單直接就讓愛誕生出來嗎？或者，可以透過付出而非深思，來得到日常生活裡的愛？

姑母說：在日常生活中發現愛，並不困難。譬如能夠深信他人的真實存在，就是一種日常生活裡的愛。但是，我也要再次提醒你，真正能夠恆久存在的愛，是只能透過深思而感知的。

神秘女子說：啊……啊……。

我與神秘女子繼續地安靜走在空寂的西門町，兩人一句話都沒有講，也一點不預期會遇見任何一個相識或不相識的路人，更是完全不擔心終點歸途究竟會在哪裡。我們安靜地走著，我忽然想起來提袋裡的兩本筆記本，就伸手去掏翻著，卻忽然掉出來一頁白紙，上面寫滿了整齊的鋼筆字。我彎腰去拾撿起這張白紙，與神秘女子互相對望一眼，就十足默契和她齊聲朗讀起來這些文字。

我們兩人的聲音，是如此清脆和諧與充滿韻律，有如某首熟悉久遠的進行曲音樂，迴盪在兩旁高樓夾擠出來的細谷裡。同時間，兩人也有如出征的軍士一樣，勇敢邁步行走起來。

以下就是朗讀的話語：

請不要問我為何要寫這封信給你，也不要過度去猜想它所具有的旨意為何。它可能只是我衣櫃裡曾經珍愛的老衣服，然後今早窗外有個從太平洋襲來的颱風，不斷發出吹拂拍打門窗的駭人聲音，我就決定把這件曾經珍愛的老衣服，從黑暗的衣櫃掏出來，再次披覆到你此刻微寒的身體上。

我一直希望能處在無任何目的、卻有堅定信仰的生命狀態裡。但有時，我會深深地覺得無能為力，彷彿自己正就是那個所謂的地獄淵藪，既無法脫逃也完全沒有出路，只能自棄地浸淫在惡的懷抱裡。或許，就是惡的必然要埋藏在痛苦中，所以那些因為痛苦而生的各種悲劇，才能無所不在也如影隨形出現在世間角落。

關於這個世界的一切事物，我只能學習有如太陽一樣，以我的一生來堅守著每日固定的起落，就是凡事皆相信凡事皆盼望，耐心專注等待著百鳥再度齊鳴的時候到來，然後堅信著良人曾經對我允諾的花園，必會再度盛放如昨日。雖然，在這個世界上，惡的所以會一直出現來，正是人類自身存在與介入的結果，但是我確信大自然還會如解救者般，不斷適時適地回返來，與我們依舊僅存的想像力，認真完美的努力做結合，讓外表的象徵與內在的思想，以及所有必要之惡與終極救贖，終於可以無所分別的合而為一。

我知道這樣的事情，必然是會發生的。因為，良人所允諾的那座花園，依舊存在某處地等候著我們。

我與神秘女子繼續走著，然後她就牽起了我的手，以溫暖堅毅的眼神望向我，好像在告訴我不用害怕，她必然會陪伴我保護我的。我注意到整個無人的西門町，此時益發光明燦爛起來，繽紛華麗的流光四處轉動，使我們有些目盲暈眩起來，幾乎難於辨識前行的方向。

但是，我與神秘女子卻心意篤定，因為我們都完全清楚，在我們身上所具有的一切可貴的事物，都來自於我們身外的他處，此外我們毫無價值也無須堅持。這樣的意識與理解，使我們同時也有如負債的人，只能覺得心思沉重而且衰弱。幸而，一直堅定隨行著我與神秘女子的那月亮，此時再次顯現有如航行中的一朵銀色雲朵，為我們打照前去的路途，讓我們可以以著清晰明亮的心情，積極迎向未明的遠方。

我與神秘女子此刻是這樣明朗心安，甚至完全忘記了她的外婆與我的姑母，她們兩人是否究竟真的存在人世間，以及她們此刻又到底身在哪裡的這些事情。同時，過往一切美好與醜惡的記憶，也忽然全部離身而去，好像我們又可以重新成為兩個嶄新的嬰兒一樣。

然後，我轉頭望著逐漸消失遠去的萬年大樓，說：那麼再見、再見了，萬年大樓！

神秘女子也開心回話說：萬年大樓，再見了！

這個時候，離奇地從西門町縱谷般複雜的街巷間，竟然遠遠傳回來我們兩人剛才那有如布穀鳥反覆敲啄般的朗讀聲音，一直在無人的西門町街弄裡迴旋擺盪著。

我與神秘女子此時有如得到了什麼鼓舞的力量，就更是宏亮起各自的聲音，齊聲呼喊著：

再見了，我的姑母！

再見，我最親愛的外婆！
再見，萬年大樓。再見了！

附錄——讀後感

——陳芳明

阮慶岳說故事的方式，往往寄託在他的語言敘述技巧。從陌生女子的來信，牽動了故事中說話者的生命曲折與轉折。所謂「神秘」，不只是包括了小說男女主角的身世，也包括了各自的內心情緒。從表面上，他們都是尋常男女，卻因為有謎樣人生與謎樣遭遇，使得故事充滿了吸引力。每翻過一頁，就有新的情節展開。親情、友情、愛情似乎都糾結在一起。阮慶岳為了說得更清楚，卻總是添加了更多的神秘色彩。從內心湧發出來的敘述，帶著衝突，也帶著和解。就像他在小說裡所說，是「對一個信念執著的讚賞」，也是讚嘆「一個人的自我完成」、更欣賞「無顧他者期待的堅毅決然」。圍繞著這樣的態度，他鋪陳了一個引人入勝的故事。

——吳繼文

文學與哲學攜手夜遊，揭開生之困頓、愛的艱難以及時間的奧秘……致敬卡夫卡與七等生。

——黃聲遠

這真是神奇的閱讀經驗。

就像是夢中微微記起國中時的煩惱，又好像走進廟裡聽見此起彼落的祈求；好像聽見自己腦海裡的聲音，又不時驚覺有些段落根本就不是自己；好像可以進到一個個別人的腦中，乍看怎麼都差不多？細想又潔淨透明到懷疑那說不定還是自己。

心聲，純粹只有心聲。

長長的句陣，低頻不去寫景，刻意如低矮迷宮的假敘事，薄得不能再薄的牆，精準的此刻風景。

混搭在閱讀以外的真實生活，擺明了可以從任何一個段落進入，隨時有人陪伴；一邊平行於小說日記泉湧的自問自答，一邊坦然處理自找的猶豫，而背景音，是深深的原諒。

善良和厚道，洗滌沖刷。

實在很像現在想做的建築，七手八腳沒有誰說了算，每一個誠意到位的細部都是邀請，在貌似孤獨的千萬次重複中，確保我們都並不孤單。

阮建築師真心愛著文字。

——20171208於宜蘭家中

——宋澤萊

阮慶岳的《神秘女子》這本書是心理小說，致力於刻畫一種典型的人物：她或他擁有一種特殊人格，並且忠實於這種特殊的性格，沒有怨言地生活在這個世界上。這種特殊性格的人從來未被任何的人或作家揭示出來，顯示這篇小說潛藏巨大的價值，可供許多人研究。這是一篇相當成功的小說。

小說主要分成兩部分：

第一個是「日記」：這部分一開頭，男作家就出場。這位男作家自述，他正開始寫神秘女子不久，就接到出版社轉來的一封神秘女子的信，後來又連續接到對方的信，幾乎每天都有一封。信內外都沒有地址、姓名。信的文字不佳，除了恭維作家以外，就是大談她的私事，並且用親暱的稱呼做起頭，並暗中透露想與作家有美好的未來。律師與心理醫生警告他說這是一個有幻想症的女人，必須格外小心；但是不能不讀她的來信，必須由對方的信來發現對方的情緒是否有大變化，先做好防範的準備。這麼一來，作家的寫作就受到影響，甚至可能導致小說的全盤失敗。一個月後，作家到國家音樂廳聽音樂，發現有陌生女子跟蹤他，她眼神哀怨，在後排靠近他。作家在敵暗我明中，害怕了起來，不過對方馬上就消失了。幸運的是：一段時間後，對方的來信少了，甚至沒有再來信。

之後，有一天作家去一家書店演講，結束後，就看到一個奇怪的女聽眾坐在角落，讓他想起跟蹤他的陌生女子。作家就壯膽與她談話，質問她為什麼沒有再寫信，對方卻不置可否。作家無法確定她就是跟蹤他的陌生女子；不過兩個人卻談開了。後來雙方用手機簡訊約定每一個禮拜見面一次，雖然對方是已婚的女人，兩人竟然找旅館做愛，發生了肉體關係。但是兩次之後，這個女子就不再聯絡，同時因為經過兩週沒有訊息，對方給他的印象很快就模糊了，讓作家非常焦慮不安，在這場情愛裡開始顯得放不下又拿不起的那種心理狀態。這時，作家又接到了陌生女子的來信，雖然不能完全確定就是那個與他發生關係的女子，不過信中表示：她所以不再寫信給作家的原因是她想要放棄彼此的關係。這是因為：不想介入作家的人生幸福，同時不讓作家因為犯罪而痛苦，甚至說不願踏入作家的夢境。她也說所以寫信給作家，只不過是要回憶她少女時代與一個小男生做愛的感覺而已；但是她現在想與作家道再見了。

這部分就這麼地寫出一位神秘女子。

「小說」的部分則寫了另一個神秘女子的故事，根據「日記」部分看來，是由一位男性作家所寫的。這女子是一個窮困人家的女兒，從小就被父母寄養在外婆的家裡，外婆幫人洗衣服、打理晚午餐維生。長大後，她嫁到一個茶葉鋪當人家的媳婦，生活應該是不錯的，只是日子較單純無趣罷了。有一天，一個剛退伍不久的青年來買茶葉，這個青年小她六歲，其實是為了想接近她才來買茶葉的。從前她與外婆也曾經在這個青年的家打工過，曾照顧這個青年，甚至幫這個青年洗過澡，對青年幼小的裸體還有記憶。現在這個青年已經長大，看起來軀體已經成熟碩挺。這個女子在青年的勾引下立即受到震動，產生慾念，兩人相戀，後來受孕。她從此拒絕再與丈夫同房，原因是要為該位青年「守貞」，不再與任何人有性行為，這麼一來，終於導致離婚。這還不夠，離婚後，就與青年斷絕來往，甚至不再通信，原因是除了擔心青年受到種種傷害以外，就是要保有最初兩人所經歷美好時光的「記憶」，甚至是覺得要避免一切世俗的干擾與沾染，才能讓彼此的「愛情長久存在」。這還不夠，青年離開後，她產下一個女嬰，果然繼續「守貞」，拒絕與任何男人有性關係，並且認為「守貞」是一口最甘甜的井，是現實生活的一部分。她勇敢對抗別人的懷疑與批評，降低對食物的需要，寡慾地繼續生活下去。這還不夠，她雖然知道青年已經離開她，但是在心裡非常確信青年無時無刻都在觀看她，甚至是存在她身邊。

在「小說」這部分裡，神秘女子還提到她的外婆也很特殊，雖一生勞苦，生活在世間的最下層；但是外婆永遠不受家庭、社會、宗教、義務、責任的限制，達到完全自由的生活境界。外婆本來是受一個男人勾引生子後被遺棄的女人，但是外婆不恨對方，並且把對方幻想為需要她保護的弱智弟弟，並且認為這個弟弟最有智慧，以此過著人生。

還有一點，神秘女子與外婆有一個共同點，就是她們都略能與靈界溝通，有時能與神靈往來談話。外婆並且以這種能力為人治病，成為副業。

這就加強了神秘女子的神秘性與空靈性。

這兩個部分乍看之下，好像是寫了兩個神秘女子，有些不同，但仔細看來，兩個女子的個性很雷同，那就是她們都絕頂自由，為善為惡都不成問題，並且很快就結束了與人的瓜葛，不願長久陷於一種人與人的關係之中。甚至仔細想，連那位阿嬤也是如此，能擺脫與任何人的關係，自由地生活在一己的世界中，不為任何事物所拘。

甚至我們後來發現，儘管這位作家一直寫女人，但是由作家少許的自述中，發現這個作家也具有這種個性。原來這作家是曾經結過婚的人，他與前妻還沒有離婚時，就拒絕踏入前妻的社交圈，不願也不能與任何人有瓜葛，說好聽的是他致力於寫作，一心投入寫作事業，說不好聽的就是他行為乖僻，逃避一切，自由自在活在自己的世界中；後來終於導致他與前妻離婚。前妻甚至罵他是個無情的人，而他自感在人際關係上為什麼自己竟然成為一個冰冷的人！

總之，最後我們才發現：即使這本小說的人物不少，但是都統一在共同的性格上，那就是追求絕對的生活自由，不為一切所役，遇到與人有瓜葛，馬上就處理掉，並且孜孜矻矻做到這一點，非常有力，劍及履及。

我曾經想，阮慶岳所寫的這種性格的人，是否是他從出家人的形象那裡所得到的靈感，換句話說，是否是他把出家人生活狀態移入世俗生活所產生的一種聯想。不過，按照我所認識，眾多的出家人的性格也不見得是如此，許多出家人的人際關係都非常良好，他們所以索居，是因為信仰，而不是性格。

應該說這些人的性格比較像被投入到人間的雲遊仙靈，由於自由往來就是他們生命的全部，他們不是「不願」，而是「天生不能」與人發生長久的關係，他們的來去好像一片雲，飄飄自如，不留任何痕跡，因為任何限制，都會戕害她或他的生命。

我這麼想，就認為這個世界上必然有許多具有這種性格的人，甚至就在我們的身邊，只是我們從來沒有發現而已。

小說最重大的任務就是刻畫出這種具有典型性格的人物，以供人人研究！

在文字藝術上，阮慶岳這篇小說真是不同凡響，叫人驚豔。他的散文文字非常細膩，不斷反覆的獨白有如山林中的溪水，潺潺不息，每個句子都彷彿一句詩，節奏性、音樂性十足。我們說文學構成的最基本條件就是文字，好像是繪畫中的顏色；一篇文章，可以完全不需要依賴內容，只因文字的音樂性與韻律就永垂不朽。阮慶岳這篇小說的文字就做到了這一點！

台灣的文學作品在網路時代裡已經受到隨便書寫的污染，文字技巧越來越薄弱，類似阮慶岳這種文字已成為鳳毛麟角。我認為人人都應該重回阮慶岳這種文字，多向他學習，以挽回我們已經喪失了的文字。

要之，《神秘女子》有其不容忽視的內容價值與文字技巧，是上上等小說，也是人人都應該一讀的小說！

——20171108於鹿港

神秘女子 / 阮慶岳著 -- 初版 . -- 台北市：時報文化 , 2018.1
面；　公分（新人間叢書 ; 268）
ISBN 978-957-13-7258-7（平裝）

857.7　　106023356

新人間叢書 268

神秘女子

作者　阮慶岳｜**主編**　陳盈華｜**編輯協力**　黃嬿羽｜**美術設計**　張溥輝｜**執行企劃**　黃筱涵｜**校對**　呂佳真｜**總編輯**　余宜芳｜**發行人**　趙政岷｜**出版者**　時報文化出版企業股份有限公司　10803 台北市和平西路三段 240 號 3 樓　**發行專線**—(02)2306-6842　**讀者服務專線**—0800-231-705・(02)2304-7103　**讀者服務傳真**—(02)2304-6858　**郵撥**—19344724 時報文化出版公司　**信箱**—台北郵政 79-99 信箱　**時報悅讀網**—http://www.readingtimes.com.tw｜**法律顧問**　理律法律事務所　陳長文律師、李念祖律師｜**印刷**　勁達印刷有限公司｜**初版一刷**　2018 年 1 月 26 日｜**定價**　新台幣 350 元｜行政院新聞局局版北市業字第 80 號｜時報文化出版公司成立於 1975 年，並於 1999 年股票上櫃公開發行，於 2008 年脫離中時集團非屬旺中，以「尊重智慧與創意的文化事業」為信念（缺頁或破損書，請寄回更換）。